TU ME PLAIS

Après avoir été grand reporter à France Inter et France Info, réalisateur, directeur des programmes de Paris Première et RTL, Jacques Expert se consacre désormais à l'écriture de livres et de scénarios. Il est l'auteur de dix polars salués par le public.

Paru au Livre de Poche :

ADIEU

CE SOIR JE VAIS TUER L'ASSASSIN DE MON FILS

DEUX GOUTTES D'EAU

LA FEMME DU MONSTRE

HORTENSE

QUI ?

SAUVEZ-MOI

LA THÉORIE DES SIX

JACQUES EXPERT

Tu me plais

LE LIVRE DE POCHE

ISBN : 978-2-253-19120-9

PREMIÈRE PARTIE

Station Les Sablons

Alors qu'il avance d'un pas décidé dans le couloir de la station Les Sablons à Neuilly, Vincent entend le métro approcher. Il se rue sur le portillon. Son pass Navigo lui refuse l'accès, il s'obstine et, au troisième échec, choisit d'enjamber le tourniquet. Avec élégance et agilité en dépit de sa grande taille. Puis il se glisse avec difficulté par l'étroite porte de sécurité, perdant de précieuses secondes. La rame vient d'arriver, il court aussitôt dans le couloir de droite. À cette heure tardive, s'il rate celle-ci, il devra patienter une bonne dizaine de minutes, et c'est probablement ce qu'il déteste le plus au monde. Attendre, et se morfondre d'ennui, sans avoir rien à faire. Vincent est de nature impatiente. Alors il se hâte. Il est encore en haut des marches quand il entend les portes du train s'ouvrir. Au risque de tomber, il dévale les marches deux par deux. D'un bond, il franchit les trois dernières. Trop tard, les portes se referment déjà. Impitoyables. Un barbu, qui, de l'autre côté de la vitre, aurait pu lui sauver la mise, le regarde d'un œil torve essayer d'empêcher l'inéluctable de se produire. Ce n'est pas que cet inconnu n'ait rien tenté pour l'aider qui le met en rage. Non, c'est le sourire moqueur qu'il a cru deviner sur le visage du type.

Avec un cruel sentiment d'abandon, il laisse s'éloigner le métro. Il ne s'en est fallu que de quelques secondes, celles qu'il a perdues en s'acharnant sur le portillon avec son Navigo. Saloperie de technologie de merde ! Le panneau lumineux annonce le prochain train dans huit minutes.

Le quai est désert. En revanche, pour la quinzaine de passagers qui lui font face, il est le loser du jour. Il n'aime pas cela, sentir ces regards posés sur lui, comme si ces gens-là, à l'image de l'autre ordure qui n'a pas bronché dans le train précédent, profitaient ou, pire, se moquaient de sa malchance.

Ils semblent le narguer.

Il les ignore, s'assoit et sort son vieil iPhone 3 de la poche de sa veste grise, compagnon des moments de solitude. Il veut voir sur son compte Twitter s'il a de nouveaux abonnés. Depuis une semaine, il reste scotché à quatre-vingt-trois. Vincent s'est fixé un objectif : atteindre le chiffre de cent avant Noël. Il lui reste trois mois pour y parvenir. Mais ce foutu compteur est bloqué. Ce n'est pas faute, pourtant, de s'échiner à le réveiller en multipliant les abonnements (il en est déjà à cinq cent douze), en tweetant et retweetant tout et n'importe quoi. À croire (et ça le désespère) qu'il n'intéresse personne.

Décidément, ce n'est pas son jour de chance. Pas la moindre barre de réseau, son iPhone reste désespérément muet. Depuis quelques jours, il montre des signes de faiblesse. Il va devoir le changer. Ça coûte une blinde, ces machins-là. Son père l'aidera peut-être, sûrement même, il cède si facilement à ses demandes… Dans l'immédiat, il l'éteint, dans l'espoir qu'après l'avoir rallumé il retrouvera un peu de vigueur.

Quatre minutes s'affichent sur le panneau. Il marche jusqu'au bout du quai, histoire de passer le temps. Avec un peu de bol, il aura un train sans chauffeur, un de ceux qu'il aime emprunter sur la ligne 1. Assis au premier rang, il discerne les lumières de la station suivante qui surgissent de l'obscurité du tunnel. Il adore cet instant.

De l'autre côté, la rame, direction la Défense, a emporté ses voyageurs, plongeant la station dans un silence total. Dérangeant.

Trois minutes.

Derrière lui, un couple, puis une vieille dame l'ont rejoint. Ils sont maintenant une bonne dizaine à attendre. Plus qu'une minute. Il s'approche de la voie, se penche, jette un œil en direction de

Pont-de-Neuilly. Il voit surgir le train dans un fracas à l'instant où il pénètre dans la station. Il est déçu : c'est un train à l'ancienne. Alors qu'il s'immobilise à sa hauteur en tête de quai, il devine le conducteur dans l'obscurité de sa cabine. Un jeune gars condamné aux heures de nuit. « Finalement, se réjouit-il, il y a moins verni que moi. »

Il a déjà fait le calcul. Une minute trente entre chaque station, multiplié par dix-sept jusqu'à Reuilly-Diderot, soit une trentaine de minutes, une pour sortir sur la place et six pour atteindre le restaurant. Il y sera un peu avant dix heures. Soit une demi-heure de retard. Il aura droit aux sarcasmes habituels et amicaux de ses copains qui ne l'auront pas attendu pour passer commande. Il a accepté leur invitation, mais il s'y rend sans enthousiasme. Ils vont encore terminer la soirée bourrés, ronds comme une queue de pelle et finiront probablement dans un café noir de monde de la place de la Bastille. Pour rentrer à Neuilly, il profitera de la voiture de Sébastien, qui vit à Nanterre-Préfecture dans un trois pièces, avec une terrasse de vingt mètres carrés et parking pour 1 252 euros charges comprises. Combien de fois Sébastien ne lui a-t-il pas répété « sa chance de cocu » d'avoir trouvé ce logement à deux pas de son boulot, dans la tour Total ? Sébastien a de la conversation, toujours la même. Dans l'ordre : son appart, son travail, sa bagnole et, quand il a le temps, le pognon et les filles. Ce soir encore, Vincent y aura droit. Mais, au moins, Sébastien le déposera à l'angle de l'avenue. À une centaine de mètres de son minuscule studio.

Vincent a vingt-cinq ans. On le dit méticuleux, presque maniaque (il suffit de voir à quel point son petit logement est parfaitement rangé). Mais pour l'exactitude, c'est plus fort que lui, il n'est jamais à l'heure. Il a beau s'appliquer, se faire violence, s'imposer des règles strictes, il n'y arrive pas. Ce défaut lui a coûté son dernier boulot. Renvoyé sans indemnités par un connard auquel, plus pour rigoler que pour se venger, il a lacéré les roues de son scooter. Quand il a raconté son exploit à ses potes, Sébastien, Adrien et Jean, l'histoire les a bien fait marrer. Vincent, tout le monde vous le dira, a toujours des histoires incroyables à raconter. Avec ce grand gamin, un poil immature (« C'est ce qui fait son charme », disent les copains), on ne s'emmerde jamais.

Il ouvre la porte du wagon de tête, parcourt la rame du regard, bien plus bondée qu'il ne l'imaginait. À croire que tout le monde s'est donné rendez-vous dans ce foutu train. Il tente de se frayer un passage vers le fond, à l'affût d'une improbable place assise. Il joue habilement des coudes, obligeant les passagers à s'écarter. Son mètre quatre-vingt-cinq et ses quatre-vingts kilos ne leur laissent pas d'autre choix. Il sait que la sortie à Reuilly-Diderot est au centre du quai et s'il parvient à remonter la rame, il gagnera ainsi quelques précieuses secondes. Tandis que le métro démarre, il tente de se faufiler. Sa progression est difficile. Le premier virage le déséquilibre et il a juste le temps de saisir la barre d'acier au plafond pour ne pas s'écraser sur un couple d'Africains, chacun tenant un enfant sur les genoux. Il s'en est fallu de peu. Et qui sait ce qui se serait passé s'il était tombé sur eux ! Un quintal de muscles sur un bébé, ça laisse des traces.

Il leur sourit. Eux aussi ont vu se profiler le drame. Du bras, le père protégeait déjà ses enfants. Par chance, Vincent a réussi à se rétablir. Il répond à leurs regards apeurés et un brin agressifs en s'excusant aimablement. « Pas grave », finit par dire le père.

Tandis qu'il retrouve son équilibre, Vincent repère une place qui se libère sur sa droite, contre la vitre. Un voyageur se lève, l'offrant au plus prompt. Ce sera lui. Il la prend d'autorité en la soufflant de justesse, non sans une certaine élégance, à une femme d'une quarantaine d'années encombrée d'un sac Auchan. Il feint de ne pas l'avoir vue. Dès qu'il est assis, il se réfugie dans l'observation de son portable et commence à écrire un texto à Sébastien pour le prévenir qu'il arrive. Au moment de l'envoyer, il doit y renoncer. Toujours pas de réseau. « Ça reviendra à Porte-Maillot », la prochaine station, se persuade-t-il.

C'est alors qu'il la voit.

S'il avait jeté un œil sur sa montre, une antique Breitling de collection, un cadeau de son père, dont il est particulièrement fier, elle lui aurait indiqué 21 h 34 et 52 secondes. Mais il a mieux à regarder : devant lui, une jeune femme est plongée dans la lecture d'un magazine. « Un truc pour gonzesses », se dit-il. Les fils des oreillettes de son smartphone se perdent dans le sac noir posé sur ses genoux. Elle est dans son monde, et semble indifférente à la masse bruyante des passagers qui l'entourent, rendus blafards et tristes par la lumière crue. Elle n'a même pas réagi quand il a frôlé son genou.

En résumé : le train 1225 de la ligne 1 quitte la station Sablons à 21 h 34 et 52 secondes. Assise en face de Vincent, une très jolie jeune femme parcourt avec application son Elle *et écoute de la musique, dont il perçoit le grésillement ténu.*

Vincent se dit que le hasard a bien fait les choses ! Il aura de quoi s'occuper jusqu'au terme de son trajet : rien ne le ravit plus que d'observer les filles, surtout quand elles sont aussi attirantes que celle-ci. Déjà, il s'imagine déposer un baiser, long et apaisant, au creux de ce cou gracieux qui s'offre à son regard oblique. Y laisser courir ses doigts, le caresser. Soyons réaliste, ce n'est qu'un rêve lointain, la fille n'a même pas remarqué sa présence.

Elle est jeune. Elle aura vingt-trois ans dans deux semaines, un anniversaire pour lequel Martin, son ami (qui s'obstine à vouloir la présenter comme sa fiancée), veut l'amener au Guilvinec, en Bretagne, pour la présenter enfin à ses parents (il est temps, après une liaison qui dure depuis plus d'un an). Elle est blonde, les cheveux mi-longs lâchés, un long cou orné d'une fine chaîne dorée, les yeux verts, les traits parfaits, pas très grande (un mètre soixante-quatre, précisément). Elle porte un uniforme bleu ciel, des talons noirs. Sa jupe légèrement relevée dévoile des jambes encore bronzées. Bref, elle est, et de très loin, la plus jolie femme de cette rame qui ralentit en s'engageant dans la station Porte-Maillot où quelques voyageurs s'apprêtent à descendre et où beaucoup trop vont monter.

Ce soir, Vincent est vraiment chanceux. Une fille magnifique est assise en face de lui et il a échappé à la promiscuité écœurante de la foule des inconnus qui se pressent dans le wagon. Il se sent si mal à l'aise dans le métro que parfois il choisit de descendre.

Il ne peut s'empêcher de se réjouir du spectacle de la femme encombrée par son sac Auchan, tentant maladroitement de préserver quelque denrée fragile. Il s'amuse à la voir s'accrocher à la barre horizontale pour résister aux nouveaux arrivants. « Le métro, même à cette heure, quelle plaie ! » songe-t-il.

Cette femme ne constitue qu'un bref instant de divertissement. En réalité, Vincent s'intéresse à bien autre chose. Ce qui retient son attention, exclusivement, c'est la finesse du cou de la jeune voyageuse. Si attirant, avec une peau qu'il imagine douce et soyeuse. À l'extrémité de la délicate chaîne, un cœur minuscule orné d'éclats de diamant, qui se perd dans l'échancrure de son décolleté. Il devine sous son strict chemisier blanc la naissance d'un soutien-gorge en dentelle claire.

Elle ne lève pas la tête de sa revue. Pourtant, dans un mouvement discret, elle réajuste le col de son chemisier, privant Vincent du spectacle qui l'a ébloui durant quelques secondes. Peu importe, c'est le cou de la jeune femme, si beau, qui l'attire, avec tant de force qu'il doit se raisonner pour échapper à sa contemplation muette. Détourner le regard, avant d'y revenir.

Il baisse les yeux pour cacher son émotion. Il y parvient, même si son cœur bat à tout rompre.

Station Porte-Maillot

Stéphanie, c'est son prénom (« Stéph », comme il se doit, pour ceux qui la côtoient), rentre chez elle, ou plus précisément au domicile de ses parents à Saint-Mandé, rue Carrat, à cinq bonnes minutes de la sortie du métro. Elle a décidé d'y dormir cette nuit, délaissant le quatre pièces spacieux de Martin à Clamart, doté d'une vue à couper le souffle sur Paris. Elle l'a prévenu un peu plus tôt de ne pas l'attendre pour le dîner. Elle était trop crevée pour « monter » en transports en commun jusque dans sa banlieue de l'Ouest parisien et elle avait cours à la Sorbonne le lendemain de bonne heure. Elle avait bien appuyé sur « transports en commun », mais Martin n'avait pas réagi. « Inutile d'insister », s'était-elle dit, et, surtout, elle n'avait pas envie de dépenser une partie de l'argent gagné aujourd'hui en prenant un taxi. Elle en avait suffisamment bavé pour ne pas gaspiller une trentaine d'euros. Si Martin lui avait proposé de payer la course, elle aurait sans doute changé d'avis. Il en a pourtant les moyens ! Il a un boulot qui rapporte bien, courtier dans une banque d'affaires. Mais cela n'a pas effleuré le cerveau de son copain. C'est le point qui la fait encore hésiter à s'engager davantage avec lui : la crainte, pire, parfois, la certitude, qu'il soit radin. Ces choses-là, lui disent ses copines, s'aggravent avec le temps. Autrement, elle n'a pas grand-chose à lui reprocher. D'accord, elle n'est pas folle amoureuse, mais elle se sent bien avec lui. Il est rassurant, sérieux (un peu trop parfois), il appartient à un bon milieu, plaît à ses parents. Après quelques aventures plutôt ratées (elle dit « foireuses »), elle est convaincue que Martin est l'homme qu'il lui faut pour le moment. Il sera bien temps de songer à la suite. À ce jour, même si lui attend beaucoup de leur relation, au point de vouloir la présenter enfin à ses parents, cette situation convient à Stéphanie. Elle déteste être seule. Elle surprend ses copines quand elle affirme qu'elle préfère être mal accompagnée que pas accompagnée du tout. Elle est ainsi, Stéphanie : elle a horreur du vide. Pas question dans l'immédiat, cependant, d'envisager le mariage. C'est pour cela qu'elle a retardé aussi longtemps le moment d'aller au Guilvinec, mais maintenant, elle ne voit pas comment y échapper.

Donc, lui a-t-elle dit tout à l'heure, elle ira dormir chez ses parents. Cela n'avait pas semblé le déranger et il ne lui avait pas non plus proposé de venir la récupérer d'un coup de scooter, comme cela lui arrivait parfois. Lui aussi, de toute façon, se levait à l'aube. Et puis il pleuvait… Ensuite, comme s'il avait voulu changer de sujet, il lui avait demandé si elle s'était fait draguer. « Ça n'a pas arrêté de la journée », lui avait-elle répondu, ajoutant, histoire de le faire réagir : « Vous, les mecs, vous avez une bite à la place du cerveau ! » Cela ne l'avait même pas amusé, il était resté impassible. Le manque de réaction de Martin avait agacé Stéphanie. Il y a des moments, comme ce soir, où elle se demande ce qu'elle fout avec ce mec près de ses sous et aussi sérieux qu'un pape. Elle ne se souvient pas qu'ils aient, un jour, une seule fois, été emportés par un fou rire. Ces instants un peu idiots mais qui vous font dire : « J'ai fait le bon choix. »

C'est vrai que, comme la plupart de ses copines hôtesses, qui pour cent dix euros la journée avaient accueilli les participants à un colloque sur le marché international du vin au CNIT de la Défense, elle avait mis plus d'énergie à repousser « ces males en rut » – c'est ainsi qu'elles les qualifiaient entre elles – qu'à bosser. Ils se croyaient tout permis ; certains étaient même allés jusqu'à lui demander sans détour à quelle heure elle terminait et, sans la moindre retenue, avec l'assurance des goujats, l'avaient invitée à dîner. Les consignes des organisateurs étaient claires : rester polies et distantes, ce qui n'empêchait pas quelques-uns d'insister lourdement. Les plus obstinés étaient les Français et les Espagnols qui, quoi qu'elle dise, vantaient la qualité de leur vin et l'importance de leur domaine. Elle en avait tellement eu sa claque qu'elle avait demandé à sa chef de partir avant la fin, prétextant un furieux mal de crâne. Celle-ci avait accepté, la prévenant qu'elle retiendrait une heure sur sa paye. Stéphanie avait hésité (dix euros net, tout de même !) et elle serait sans doute restée jusqu'au bout si un de ces types n'était pas revenu à la charge. Jeune, plutôt sympathique, assez mignon, mais un lourdaud de trop, et elle avait choisi de fuir.

Elle en avait marre de tous ces cons ! Comme si elle avait eu besoin de se défouler, elle avait couru jusqu'à la station La Défense. Elle avait trouvé cette place assise, avait sorti son magazine, ses écouteurs. Ils l'aideraient à tenir jusqu'à Saint-Mandé, à l'autre bout de la ligne. Elle préférait ignorer la quantité de stations, la durée du trajet et se dire qu'au moins c'est direct. Une simple question de patience.

Et en cet instant où se referment les portes, elle n'a qu'une hâte : se débarrasser de son uniforme, se démaquiller et dormir. Avec l'espoir que ses parents ne bombardent pas leur fille unique de questions. Non pas qu'elle souhaite les fuir, au contraire elle les adore, mais ce soir elle ne pense qu'à son lit d'adolescente au fond de l'appartement familial.

Dormir.

Porte-Maillot - Charles-de-Gaulle-Étoile

Ah, les parents de Stéph... Alexandre et Sandrine Dujardin, ensemble et heureux de l'être depuis vingt-neuf ans, onze mois et dix-sept jours. Si le chiffre est si précis, c'est qu'ils comptent fêter comme il se doit leurs noces de perle. « Comme il se doit », ce sera un séjour de rêve à Tahiti, le pays des perles noires. Ils s'envoleront dans treize jours, en classe affaires. Stéphanie, toute la famille et leurs nombreux amis se sont cotisés pour qu'Alexandre offre à sa femme ce collier de perles qu'il lui avait promis trente ans plus tôt, si la vie leur permettait d'arriver jusque-là. Elle n'en a jamais douté. C'est une optimiste de nature. Lui, à l'époque, s'était contenté de dire : « Touchons du bois, mon amour. » Alexandre Dujardin est, à l'inverse de son épouse, un pragmatique.

Et voilà que, dans moins de deux semaines, ils y seraient !

Il y a des vies heureuses faciles à résumer. Celle des parents de Stéphanie en fait partie. Ces trente années sont passées tranquillement, dans un bonheur serein, sans accident majeur, ni maladies sérieuses, ni drames. « Nous avons eu une vie idéale, disent-ils en croisant les doigts. Pourvu que ça dure. »

Alexandre et Sandrine se sont rencontrés tout naturellement en première année de Sup de Co Paris, dont elle est sortie quatrième de sa promotion et lui seulement vingtième. « J'étais trop amoureux », s'amuse-t-il pour justifier son classement. Il aime surtout raconter qu'un jour, en première année, elle s'était assise à côté de lui et que depuis ils ne s'étaient jamais quittés. « C'était écrit ! » assure-t-il. « Pour preuve, se félicitait-il avec une régularité agaçante, à une place près j'étais admis à l'Essec et je n'aurais jamais rencontré Sandrine. Cette année-là, ils avaient repêché dix gars sur la liste d'attente. J'étais le onzième. En revanche, comme j'avais réussi le concours d'entrée à Sup de Co, j'y suis allé plutôt que de refaire une autre année de prépa. Donc, ce jour-là, trois mois après le début des cours, j'avais gardé le siège dans l'amphi pour mon copain Régis Deltil. Je l'ai défendu contre tout plein d'étudiants. Et j'ai tenu bon ! Mais quand ta mère m'a demandé si la place était libre, je n'ai pas su dire non… Heureusement que Régis est arrivé en retard, il avait crevé… Quand je vous dis que c'était écrit ! »

Régis a ainsi gagné le droit d'être leur témoin de mariage. Si incroyable que cela puisse paraître, il a fallu l'attendre une demi-heure à la mairie. Il a surgi, transpirant, les mains sales et le costume crotté aux genoux. Manque de chance, ce matin-là aussi, il avait crevé !

Stéphanie pense que son père n'en revient toujours pas de la chance qu'il a eu de croiser Sandrine dans l'amphi. Elle sait, pour en avoir souvent discuté avec lui, qu'il se demande quelle aurait été son histoire s'il n'était pas tombé sur « la femme de sa vie, celle qu'il lui fallait ». Stéphanie est fascinée par le bonheur qu'ils ont eu de se rencontrer. Un jour, elle lui a dit que le hasard avait bien fait les choses, il a répondu avec un tel sérieux qu'elle en a été impressionnée : « Le hasard n'existe pas, Stéph. C'était notre destin à ta mère et à moi. » Par la suite, ils ont souvent discuté ensemble de ce sujet, mais, tandis qu'elle croit dur comme fer aux coïncidences, lui est convaincu du contraire. Pour elle, c'est le hasard qui donne à la vie tout son sel. Pour lui, à l'inverse, il ne faut surtout pas compter dessus. « Il peut même parfois être dangereux. Tu devrais plutôt t'en méfier », lui a conseillé ce père pragmatique. Fervent croyant de surcroît, il répète inlassablement que « tout est écrit ». Sa famille, ses amis, personne ne tente de le faire changer d'avis. Ce serait une perte de temps... Ainsi, la semaine dernière, il a échappé de justesse à un accident grave : un échafaudage s'est écroulé quelques secondes après qu'il est passé dessous. Il en a été quitte pour une grosse frayeur. Quand un collègue lui a dit qu'il avait eu une sacrée chance, il a levé les yeux au ciel, persuadé que c'était son destin qu'il ne meure pas cet après-midi-là. « Le bon Dieu a voulu que nous fêtions nos noces de perle », a-t-il expliqué le plus sérieusement du monde.

Seule Stéphanie continue, surtout par jeu, à « le chercher » sur ce terrain.

Elle pense que c'est cette confiance dans le destin qui a poussé son père à s'intéresser avec autant de passion (d'acharnement) à la généalogie. Les week-ends entiers qu'il y consacre l'ont convaincu d'une chose : sa vie, les trente années de bonheur auprès de Sandrine sont le fruit du destin, parfois incroyable de ses aïeux, et de ceux de sa femme.

Alexandre Dujardin a fait toute sa carrière dans une société d'assurances dont il est aujourd'hui le patron respecté. Il était tout frais émoulu de l'École quand il s'était présenté à un entretien d'embauche. Il y était allé sans conviction ni réelle envie. À l'époque, tout jeune et enthousiaste qu'il était, il rêvait de contrées lointaines. Il avait répondu à une annonce parvenue à Sup de Co pour travailler à Dallas. La Lyonnaise des

Eaux recrutait de jeunes diplômés et, dans un premier courrier, avait écrit que son profil l'intéressait. Il attendait depuis cinq semaines d'être convoqué au siège de la société et commençait à désespérer. C'est un peu par dépit, pour occuper son temps, qu'il s'était rendu à l'entretien. Après l'avoir écouté se vendre pendant une vingtaine de minutes, en suivant les recommandations de l'école, le patron de l'époque lui avait simplement dit : « Vous avez vu celui qui est sorti de mon bureau juste avant que je vous reçoive ? Il vient de démissionner. Je vous prends ! » Il avait accepté aussitôt, sans enthousiasme. Pourtant, lorsque la Lyonnaise l'avait appelé deux semaines plus tard, il avait déjà intégré la Générale de Prévoyance. Ce n'est pas par crainte de déplaire à son premier employeur qu'il avait repoussé leur offre, par ailleurs mieux rémunérée. Non, il avait refusé par fidélité à celui qui, le premier, lui avait fait confiance. « Qui sait ce que nous serions devenus si j'avais accepté l'offre de la Lyonnaise ? » se demande-t-il souvent, affirmant qu'il ne regrette rien. Le destin, toujours ce foutu destin.

Sandrine a, en revanche, bourlingué d'entreprise en entreprise, saisissant une à une les opportunités de promotion. Elle n'ose surtout pas dire que c'est souvent le hasard qui lui a offert ces nouveaux boulots. Son mari, d'ordinaire si calme, serait capable de se fâcher.

Depuis trois ans, elle est responsable des achats dans une PME spécialisée en électronique de pointe et, à quelques années de la retraite, elle n'envisage plus de bouger.

Matériellement, ils ne manquent de rien. Depuis quinze ans, ils sont propriétaires de leur logement de cent quarante mètres carrés en banlieue parisienne. À l'époque où ils avaient décidé d'acheter, en jeune femme « moderne », elle avait choisi un appartement dans le XIVe arrondissement, près de Montparnasse, refusant de « s'exiler » dans ce qu'elle appelait « une banlieue lointaine », envahie de vieux bourgeois réactionnaires. Il avait fini par se rallier aux arguments de sa femme alors qu'il rêvait de faire son jogging dominical dans le bois de Vincennes. Un contretemps avait fait basculer finalement les choses en sa faveur : ils s'étaient fait souffler l'appartement du XIVe après avoir refusé de suivre une surenchère de dernière minute. Ils pensaient que c'était du bluff.

Ils possèdent également une maison à Ars-en-Ré où ils filent tous les étés retrouver leurs amis pour de paisibles vacances. C'est là, alors qu'elle n'était pas censée venir les rejoindre, que Stéphanie a rencontré Martin pour la première fois. Il était venu passer quelques jours chez un copain dans la maison voisine.

Les Dujardin possèdent un bon portefeuille au Crédit Mutuel. Alexandre roule en BMW et elle en Smart, si pratique pour se garer. « C'est pas ton sacré destin qui m'aide à trouver une place. Un trou de souris me suffit », se moque-t-elle gentiment de lui.

Seul petit accroc à cette excellence, mais ils l'ont vite accepté, ils n'ont eu qu'un enfant.

Impossible de dire si la conception de Stéphanie tient du hasard ou du destin, mais si « Alex » et Sandrine ne devaient pas faire l'amour, c'est bien ce soir-là. D'abord parce que, légèrement malade et surtout parce qu'il ne les supportait pas, Alexandre n'avait pas accompagné sa femme dîner chez des amis. Il dormait profondément lorsqu'elle était rentrée, un peu après minuit. Avant de s'allonger, elle avait retiré sa montre. Elle lui avait glissé des doigts, tombant sur la moquette épaisse. Ce n'est pas l'imperceptible bruit qui a réveillé Alexandre mais le puissant « merde ! » qui a échappé à Sandrine qui cherchait sa montre à tâtons dans le noir. Au lieu de râler pour l'avoir réveillé, Alexandre avait attiré sa femme contre lui.

Ils n'ont pas eu d'autre enfant.

Ils n'étaient pas pressés d'en avoir un second, ils n'avaient plus envie de se replonger dans les couches et les nuits agitées. Quand, enfin, ils ont voulu donner un frère à Stéphanie, Sandrine, victime d'une chute accidentelle, a perdu l'enfant qu'elle portait. Ils n'ont pas insisté. Ils étaient heureux, ainsi, à trois.

« C'était notre destin d'avoir une fille unique », professe-t-il. Au final, Stéphanie leur a donné tant de satisfactions – pas même une adolescence difficile qui leur aurait empoisonné la vie quelques années – qu'ils se sont fait bien plus qu'une raison. Bref, ils ont presque trente ans de bonheur derrière eux et une retraite sans souci à venir. Il leur faudra alors des petits-enfants, et pour cela, ils savent déjà qu'ils pourront compter sur leur fille. D'ailleurs, le garçon qu'elle fréquente depuis quelques mois leur plaît bien. Un garçon sérieux, de bonne famille. Certes un peu rigide, mais bien élevé et sympathique. Il fera, ils espèrent, un gendre idéal. Mais les couples d'aujourd'hui tiennent moins longtemps que ceux de leur époque. Alors, conscients de cela, ils ne font aucun pari sur l'avenir de leur fille. « Ils écriront leur destin », dit doctement Alexandre. Cependant, quoi qu'il puisse arriver, ils seront toujours à ses côtés. « La famille d'abord », c'est leur devise.

La rame s'immobilise à Argentine, dans un crissement à faire éclater les tympans. Une affiche en bout de quai : une jeune femme en débardeur blanc marche au soleil couchant. Le slogan vante les mérites d'un site de rencontres. Le même où, parfois, dans des moments d'extrême solitude, Vincent s'égare, pour s'amuser. Il entre en contact avec une fille ; il aime parler de tout et de rien. Il n'est jamais allé au-delà de ces longues discussions. Selon l'intuition de l'instant, au gré de son imagination, il s'invente une vie. Il est pilote de ligne, urgentiste, journaliste, voyageur invétéré et, surtout, célibataire à la recherche d'une liaison durable. Il se montre tellement convaincant et séduit si bien son interlocutrice qu'elle est prête à le rencontrer. Parfois, le soir même. Il lui donne rendez-vous, mais ne s'y rend jamais. Ce n'est pas par timidité, par crainte d'une déception, non, il veut seulement s'amuser, et penser que la fille l'aura attendu en vain suffit à son plaisir.

Vincent ne parvient pas à détacher les yeux de l'affiche. Non pas parce qu'elle lui rappelle quelques souvenirs savoureux, mais parce que la fille, mince, au port de tête racé, ressemble à s'y méprendre à celle qu'il a croisée une dizaine de jours plus tôt dans le bus 72. À croire que c'est elle qui a posé pour cette pub. Le souvenir de cette rencontre est si intense que, dans un réflexe, il introduit la main dans la poche de son pantalon. Ce qu'il y trouve le rassure. Le regard sombre qu'il pose maintenant sur la jolie jeune femme assise en face de lui est plein d'affection, de sympathie. Envie de faire connaissance. C'est un fait, Stéphanie lui plaît, à en oublier la fille de l'affiche.

Un instant, le regard qu'il pose sur la naissance de son cou est si intense qu'il en est presque effrayant. Mais il est si bref, trop bref, qu'il a échappé à tout le monde. Et surtout à Stéphanie, toujours plongée dans sa lecture et coupée du monde qui l'entoure.

La rame va pénétrer dans la station Charles-de-Gaulle-Étoile. La jeune femme n'a pas encore remarqué le voyageur qui lui fait face. Elle ne lui a pas accordé le moindre regard. Lui, en revanche, n'a d'yeux que pour elle et pour son cou gracile, si attirant, que les soubresauts du train ont à nouveau gracieusement dévoilé. Malgré ses tentatives (heurter furtivement son genou, laisser tomber son portable...), il n'arrive pas à établir le contact avec elle. Elle reste enfermée dans son monde. Étrangère à tout.

Cependant l'incident qui suit entre les stations Charles-de-Gaulle et George-V sera lourd de conséquences pour l'avenir des deux jeunes gens.

Station Charles-de-Gaulle-Étoile

Le quai que Vincent découvre depuis son siège est bondé. Des touristes, beaucoup de jeunes qui descendront à Châtelet, et toute une foule bigarrée qui prendra plus loin une correspondance pour une lointaine banlieue. À quelques centimètres de lui, de l'autre côté de la vitre, une jeune femme avec une poussette qui, il le devine déjà, ne pourra pas entrer dans la rame, tellement elle semble incapable de progresser au milieu de la cohue. Enfin, un homme corpulent dont le comportement attire son attention aussitôt. Il a une quarantaine d'années, il bouscule la femme à la poussette, se fraie d'autorité un passage parmi la foule impatiente après avoir évalué l'endroit précis où s'ouvrira la porte. Mais cette place capitale, alors que le train s'arrête, l'homme la veut déjà, indifférent aux regards d'abord surpris puis haineux que lui jettent ses voisins.

À partir de cet instant, tout va très vite, en précisément : huit secondes, dix-sept dixièmes et cinquante-trois centièmes.

La quinquagénaire qui est assise en biais par rapport à Vincent se lève pour descendre. La femme au sac Auchan qui a repéré la place attend patiemment qu'elle se libère. Enfin, l'homme sans gêne, le premier à entrer dans le wagon la repousse de son bras tatoué pour s'emparer du siège libre. La femme bousculée s'incline sans protester. Elle est trop occupée à ce que le contenu de son sac ne se renverse pas. L'homme ne se contente pas de s'asseoir, il étale son quintal sur la banquette. Sans se soucier d'écraser sa voisine contre la vitre, laquelle est la jeune femme au cou gracile dont Vincent ne parvient toujours pas à se détacher, posant sur cette peau qu'il imagine si douce de rapides, mais appuyés regards en coin. Dans un réflexe, furieuse, Stéphanie lance à la face du goujat :

— Vous ne pouvez pas faire attention ? Vous me faites mal.

Huit secondes et quelques dixièmes.

Les choses en seraient restées là si l'homme s'était écarté, excusé et l'avait laissée reprendre ses aises. Mais il n'est pas de cette trempe-là. C'est tout bonnement une espèce d'abruti. Et, surtout, ce soir, il a un peu trop bu.

Et dire que lui non plus n'aurait jamais dû se retrouver là.

D'abord, parce qu'il n'était pas censé livrer du vin des pays de Loire pour la maison Gaboriaud ce week-end à Paris. Bernard Lassus, qui devait faire la livraison, avait eu une crise de colique néphrétique, vendredi, et il s'était aussitôt mis en arrêt de travail. Dans la boîte, quelques types étaient susceptibles de le remplacer. Mais voilà, il avait eu la mauvaise idée d'aller à la machine à café et, manque de pot, pour aller à la nouvelle cafèt', on doit passer devant le bureau du patron. Il aurait pu argumenter, afin d'échapper à ces deux jours de boulot, dire qu'il avait déjà travaillé le samedi précédent, mais il n'avait pas su refuser à M. Dupouy quand celui-ci lui avait demandé de remplacer Lassus.

Il avait donc fait les livraisons des restaurants parisiens le samedi. En revanche, il avait négocié avec le patron la permission de rester à Paris le lendemain pour « voir sa sœur ». C'était un mensonge, parce que non seulement il n'avait pas de sœur à Paris, mais surtout pas de sœur du tout. Il avait simplement envie de profiter de la capitale. Il avait pris une chambre à l'Ibis de la Défense (aux frais de la société) et il avait passé l'après-midi du dimanche à Pigalle à traîner dans les sex-shops, à reluquer les rares putes, et avait terminé à la Pizza Pino des Champs devant une margarita à 14,50 euros accompagnée d'un demi de rosé à 6 euros. Il avait gueulé après la lenteur du service et, pour le calmer, le serveur lui avait offert un quart de rosé. Les emmerdeurs, il les calmait comme ça.

Bref, si Lassus n'avait pas été malade, s'il n'avait pas eu envie d'un café, s'il avait eu les couilles de dire non au patron, si le service à la Pizza Pino n'avait pas été aussi lent, s'il n'était pas sorti un peu bourré du restaurant, si, au lieu de monter dans le métro à Franklin-D.-Roosevelt, juste en face du resto, il n'avait pas décidé de marcher jusqu'à l'Étoile histoire de se rafraîchir les idées et de se dégourdir les jambes, rien de ce qui va suivre ne se serait produit. Nous passons évidemment sur une foule de détails, comme le moment où il a fait demi-tour pour suivre une fille en minijupe avant de renoncer quand il l'a vue se jeter dans les bras d'un petit con.

À la jeune femme qu'il vient de bousculer, l'homme aux bras tatoués réplique par un sonore « Ta gueule, connasse ! ». Puis : « Je t'emmerde et si tu n'es pas contente tu as qu'à changer de place. » Il sourit, toise les passagers qui préfèrent éviter son regard de défi et de morgue.

Tous, à l'exception de Vincent.

— Monsieur, dit-il d'un ton ferme mais sans agressivité, calmez-vous.

La jeune femme est tétanisée ; elle sent que la situation risque de dégénérer dans le tunnel entre Charles-de-Gaulle-Étoile et la station George-V.

— De quoi tu te mêles, toi ? menace déjà l'homme, du ton de celui qui ne comprend pas qu'on l'interpelle.

— De ce qui me regarde, monsieur. Vous écrasez votre voisine, vous l'insultez. Alors faites-lui de la place, et vous vous excusez, sinon…

— Sinon quoi ? Petit con !

— Sinon ? Je vous mets dehors.

Vincent est parfaitement détendu, maître de ses émotions. Sa voix est assurée. Son regard ferme. Le silence s'est imposé dans le wagon. On ne regarde qu'eux. Vont-ils se battre ?

— Essaie, le nargue l'homme à la carrure impressionnante.

Il se lève, retrousse ses manches, exhibant ses bras tatoués, comme s'il voulait montrer à ce jeunot qu'il l'attend. « Viens, viens ! » lance-t-il. C'est plus qu'un défi, une invitation à en découdre malgré le peu de place que leur laisse la masse des passagers.

Alors que le train pénètre dans la station suivante, Vincent est conscient qu'il n'est pas de taille à se bagarrer avec ce malade qui pue l'alcool (d'ailleurs, il ne s'est jamais battu avec quiconque). Il va s'en manger une et tant pis pour lui. D'expérience, il sait que nul n'interviendra pour l'aider. Chacun pour sa gueule dans les transports en commun… Autour d'eux, on s'écarte. Personne ne veut prendre de coups. Il ne peut plus reculer. Il y va comme on va à l'échafaud. « Dans quel merdier je me suis foutu », regrette-t-il déjà. Tout ça pour impressionner la fille au cou si fin, qui ne l'a même pas remarqué jusqu'à présent et qui n'ose rien dire tant elle est effrayée. Muette et tétanisée.

Alors il se lève à son tour. Quitte à prendre des coups, mieux vaut être debout.

— Partez, monsieur. Descendez ici, cela vaudra mieux, tente Vincent, le plus calmement possible.

Autant éviter de se battre, espère-t-il.

— Je vais plutôt te foutre mon poing dans la gueule, pauvre con, tonne le géant.

Dans le wagon, personne ne pipe. Observer, oui, se mêler de cette histoire, surtout pas.

Bref, rien ne semble pouvoir empêcher les choses de dégénérer. Cependant, on ignore encore que l'homme s'est trompé de direction. Il voulait rejoindre son hôtel à la Défense et ne s'aperçoit de son erreur que lorsqu'il lit George-V sur le mur de la station. Alors qu'il est à deux doigts de cogner Vincent, il lui demande d'un ton étrangement neutre si ce métro va à la Défense. Comme si, d'un coup, il avait besoin d'aide.

— Non, ironise Vincent, la Défense, c'est dans l'autre sens !

L'homme grogne un « putain ! » rageur. Il se retourne tout d'un bloc, bouscule ceux qui lui barrent le passage. La femme au sac Auchan ose protester : « Faites attention ! » Il l'ignore. Tandis que résonne la sirène avertissant de la fermeture des portes, il glisse sa jambe dans l'ouverture et parvient à les retenir. À l'instar de dizaines d'autres voyageurs, Vincent le voit s'acharner sur les deux poignées. La porte finit par céder et s'ouvrir en grand. Il s'extirpe du train, satisfait de lui, mais pestant toujours contre son erreur. Son regard croise celui de Vincent. Celui-ci hoche la tête, moqueur, d'un air de dire « pauvre type, voilà pour ta gueule ».

Dans le wagon, certains applaudissent. Puis chacun reprend ses aises au mieux. La femme au sac Auchan récupère à la hâte la place vacante, sans un mot mais avec un soupir de contentement. Elle pose le sac sur ses genoux, en prenant garde à ne pas toucher sa voisine.

La jeune femme reprend ses esprits. Elle a vraiment eu peur. Maintenant, elle semble soulagée. Elle prend Vincent à témoin :

— Quel connard !

C'est ainsi, avec ce « Quel connard », que Vincent et Stéphanie font connaissance. Il répond dans un sourire :

— De compétition !

Tandis que le train démarre, tous deux regardent le tatoué qui s'énerve parce qu'il se rend compte qu'il va devoir sortir de la station pour passer sur l'autre quai.

— Bien fait ! lance Stéphanie.

Vincent précise :

— Je crois qu'il avait trop bu.

— Merci, vraiment merci, glisse-t-elle, se décrispant légèrement.

— Il l'avait cherché, mademoiselle, mais, pour être franc, je crois que je n'aurais pas fait le poids face à ce monstre ! s'amuse-t-il.

— C'est vrai, vous l'avez échappé belle ! plaisante-t-elle à son tour.

— En fait, c'est moi l'imbécile, tout ça pour venir en aide à une jeune femme en péril !

Elle éclate de rire :

— Vous êtes un héros !

— Pour vous servir !

— Merci, vraiment merci, répète-t-elle, avant de reprendre son magazine, rajustant ses écouteurs, comme si elle avait besoin de s'isoler à nouveau.

Tout aurait pu se terminer ainsi, sur ce charmant et doux « merci ». Non, deux stations plus tard, entre Champs-Élysées-Clemenceau et Concorde, ils échangeront leurs prénoms.

Toutefois, alors que le train circule entre George-V et Franklin-D.-Roosevelt, la jeune femme, délaissant les pages littérature du *Elle*, se prend à observer le jeune homme penché sur son portable. Sa réaction élégante et un peu folle quand l'autre connard l'a bousculée l'a impressionnée. C'est si rare de nos jours où on peut être agressée et violée sans que personne intervienne, que cet homme mérite bien quelques secondes de son attention.

Pour être parfaitement précis, c'est lorsque le train freine dans son habituel crissement désagréable à Franklin-D.-Roosevelt qu'elle commence à s'intéresser à lui. D'abord, c'est seulement de la curiosité pour le seul homme de la rame à avoir osé affronter le gros con. S'il n'était pas intervenu, comment aurait-elle réagi ? Elle déteste les conflits et elle aurait probablement changé de place. Elle profite qu'il est toujours rivé à son portable pour le regarder. Visiblement, il attend que les barres reviennent pour envoyer un message de la main gauche. Concentré, il tape sur le clavier. Ses doigts sont agiles et élégants, sa main puissante.

C'est à Franklin-D.-Roosevelt, à l'instant précis où les portes s'ouvrent, qu'elle se dit qu'il est bien plus que celui qui, dans l'indifférence générale, est venu à son aide, et bien plus qu'un beau et courageux garçon.

Il est d'une beauté rare qui le rend immédiatement attirant. Elle le dévisage, le scrute. Elle ignore qu'il se sait observé.

Brun, les yeux noirs, avec ce brin de mystère qui la fascine déjà. Le genre d'homme qui l'a toujours séduite, parfois pour le pire et des aventures douloureuses dont elle est sortie abîmée. C'est pour cela qu'après avoir plaisanté avec lui et l'avoir chaleureusement remercié, elle s'est réfugiée derrière ses écouteurs et dans la lecture de son magazine. La vie lui a appris à se méfier de ses instincts. Elle s'oblige à refouler l'envie de renouer le contact avec lui.

Pourtant elle n'a pu résister à celle d'échapper à sa bulle pour, simplement, le contempler.

Elle doit se raisonner : désormais elle est engagée avec Martin, son compagnon. Lui aussi, et elle n'a pas à se plaindre sur ce point, est vraiment beau. Presque trop, se dit-elle parfois. Non pas parce qu'il ne laisse pas insensibles des tas de filles, même quelques-unes de ses copines (mais cela la réjouit plutôt, selon le vieil adage qu'il vaut mieux faire envie que pitié), non, c'est plutôt qu'il est si beau qu'il en est parfois un peu con. Le genre aussi à avoir son mot à dire sur tout et n'importe quoi et être certain d'avoir raison. Et, quelquefois, Martin soutient mordicus des absurdités. Cela irrite celle qu'il présente comme sa fiancée. « Et pourquoi pas sa future femme ? » s'agace-t-elle encore plus.

Lorsque la rame quitte Franklin-D.-Roosevelt, Stéphanie se contente de trouver le jeune homme assis face à elle « joli garçon ». En réalité, il est magnifique, le charme en plus. C'est juste un constat : rien de plus. Stéphanie examine Vincent comme une chose très belle à regarder. Il porte une veste grise épaisse en tweed. Sa chemise ivoire largement ouverte laisse entrevoir un torse velu, de ceux où elle aime promener ses doigts.

Station Champs-Élysées-Clemenceau

Vincent est donc un grand brun – un mètre quatre-vingt-cinq sous la toise –, mince, les yeux noirs au regard intense, jugera-t-elle un peu plus tard à hauteur de Concorde. Sa coiffure, faussement négligée, est soignée, la raie bien tracée à droite. Il porte une barbe de trois jours qui accentue son côté sauvage, un brin brutal, vraiment masculin. À un ou deux ans près, il doit avoir le même âge qu'elle. Stéphanie guette ses mains, sous le portable. Quand la gauche se dévoile, elle voit qu'il ne porte pas d'alliance.

Le train va déboucher à Champs-Élysées-Clemenceau et le moment est venu de parler de Vincent, et de sa famille au parcours bien plus chaotique que celle de Stéphanie.

Vincent est le fruit d'un mauvais hasard. Ceux-ci sont souvent incroyables. Pour lui, tout autant détestables. Monstrueux.

Le hasard sait aussi faire du mal.

Vincent n'a pas connu son père. Il est américain, c'est du moins ce qu'a bien voulu lui dire Nathalie, sa mère. Il connaît son prénom : Teddy, et sait qu'il est retourné « aux States », ignorant qu'il abandonnait une jeune fille de dix-huit ans enceinte. Vincent est le fruit d'un coup d'un soir, et, comme dans un mauvais roman, Ted a séduit Nathalie à la fête foraine de Châteauroux. À l'époque, c'était une jolie brune aux yeux verts, avec un splendide port de tête. Elle était trop naïve et croyait encore à l'amour. Celui qui dure pour la vie.

Nathalie était venue à la fête foraine avec des copines. Elle était peureuse et avait refusé d'accompagner Estelle et Aurélie dans un grand huit, « l'Infernal Voyage ». Si elle était montée avec elles, elle n'aurait pas croisé Teddy. Au départ suivant, elle laissa tomber ses amies, séduite par la façon qu'il avait de s'entêter à lui parler en français, et l'avait suivi dans l'attraction. Lorsque trois minutes plus tard le grand huit s'était immobilisé, ils s'embrassaient comme des morts de faim et repartaient pour un second tour. Leur liaison n'avait duré que le temps de l'engrosser, quelques minutes seulement, à l'écart de la fête. Contre un arbre, derrière une baraque à beignets dont, dira-t-elle plus tard à son fils, « elle garda longtemps l'odeur écœurante ». Comme quoi l'existence de Vincent n'a tenu qu'à un malheureux concours de circonstances. Le coït bâclé entre une fille paumée et un jeune Américain de passage dans le coin, qui voulait seulement conclure avec une Française pour s'en vanter ensuite auprès de ses copains. Il avait gagné son pari : en baiser une avant de rentrer au pays.

C'est le jour de ses deux ans qu'elle raconta l'histoire à son fils pour la première fois. Elle y revint ensuite souvent, avec une implacable régularité et en y ajoutant des détails toujours plus sordides, comme si son gamin était l'exutoire à son malheur, à sa haine.

Elle ne sema chez l'enfant que du mépris.

La vie de Vincent n'avait pas été heureuse : une mère incapable de s'occuper de lui, lui reprochant d'avoir gâché sa jeunesse, une enfance ballottée au gré des aventures sentimentales maternelles et de ses boulots de serveuse, jusqu'à ce qu'enfin Nathalie se fixe avec un brave type, chauffeur routier à Bordeaux. Elle s'y installa avec ses trois enfants, conçus avec trois pères différents. Quand le pauvre gars commença à avoir des soupçons sur la paternité du fils qu'ils avaient eu ensemble, il les mit tous à la porte. Trois mois plus tard, alors qu'il était prêt à les reprendre, il perdit le contrôle de son camion et sa vie avec.

Peu après, ils étaient retournés vivre à Châteauroux.

Vincent et ses neuf ans étaient un poids de trop pour sa mère. Son frère, sa sœur et lui avaient été dispersés dans des familles d'accueil. Son placement avait tenu de la loterie. Il avait fini par tirer le bon numéro : un couple sans enfants s'était attaché à lui et, après de longues tracasseries administratives, était parvenu à l'adopter. Il l'avait entraîné à Arcueil, en banlieue parisienne, loin de tous les membres de sa famille.

Il ne revit sa mère qu'à sa majorité. Elle vivait toujours à Châteauroux. Laide, empâtée et saoule.

Là, le mauvais roman continue. Comme si elle avait voulu se venger de sa vie de merde, elle avait refusé de l'embrasser. Puis elle lui avait répété, dans un crachat, le nom de son « enfoiré » de père et comment il les avait abandonnés après l'avoir baisée comme un chien en rut. « Ton putain de père a volé mon innocence et toi, toi, tu es le rejeton d'une ordure, le fils du malheur. » Ce furent ses propres mots et les derniers qu'il entendit de sa bouche. Ce n'est pas parce que Clémentine et Grégoire Laurentin, ses parents adoptifs, lui avaient inculqué une bonne éducation qu'il n'avait pas traité sa mère de sale pute et d'autres choses qu'on regrette ensuite. S'il était parti sans lui accorder le moindre mot, la laissant biberonner son litron de rouge, c'est parce qu'il ressentait trop de haine pour s'abaisser à l'injurier.

Il n'avait pas cherché à se rapprocher de ses frère et sœur, qui vivaient toujours dans la région, et il avait retrouvé sa vie tranquille et studieuse à Arcueil. Il souhaitait définitivement tourner le dos à ce passé pour lequel il ne ressentait que honte et dégoût.

De ses origines, à l'exception de ce père américain qui ignore jusqu'à son existence, Vincent ne sait rien. Sans cette histoire aux relents sordides, il ne serait pas là, ce soir, dans ce métro bondé, assis en face de Stéphanie. La jolie jeune femme au cou si tendre.

Direction Concorde

C'étaient ses parents adoptifs qui avaient poussé Vincent à renouer avec sa mère. Il n'y tenait pas mais ils insistèrent, jusqu'à retrouver sa trace, tant et si bien qu'il finit par céder. Il revint plus que meurtri de ces retrouvailles.

Changé. Après la brève rencontre avec cette femme aussi pitoyable qu'effrayante, il en vint à détester les femmes.

Au lieu de disparaître avec les années, cette haine s'accrut et le submergea.

Il ne reprocha jamais ouvertement à ses parents adoptifs de lui avoir imposé cette épreuve. Il leur cacha cette blessure profonde mais perdit ses repères et s'éloigna d'eux. Les vacances suivantes dans la maison familiale de l'arrière-pays niçois furent un calvaire. Pour lui, pas pour ses parents. Il parvenait encore à donner le change. Il était toujours le gentil garçon qui venait d'obtenir le bac avec mention bien et qui allait intégrer un IUT en management. À l'issue de ses études, l'entreprise familiale de distribution de matériel de sécurité industriel lui était promise et son avenir tracé, au grand bonheur de Grégoire et de Clémentine. Ce garçon concrétisait leurs espoirs.

Vincent tourna le dos à tout cela. Sans qu'il s'en rende vraiment compte, il avait été rattrapé par ce passé qu'il avait essayé de gommer. Ses parents adoptifs n'avaient pas compris à quel point il rejetait tout ce qui pouvait lui rappeler son enfance. Revoir cette mère immonde, enlaidie par l'alcool et les erreurs de sa vie, l'effraya tant qu'il choisit de fuir.

À l'aube d'un matin de septembre, alors qu'il devait rejoindre son école, il rassembla quelques affaires dans son sac et disparut sans même un au revoir.

Il aurait sans doute sombré (et qui sait ce qu'il serait devenu, sans doute pas ce charmant garçon assis dans le métro face à la jeune femme au cou si gracieux) sans l'obstination de Grégoire Laurentin. Son escapade ne dura que cinq jours.

Alors que Clémentine lui recommandait la patience, Grégoire ne laissa pas tomber. Elle était certaine qu'il reviendrait vite, une fois la crise passée. Bien sûr, elle était anéantie mais « Il nous reviendra vite. C'est notre fils », disait-elle à son mari. Grégoire persista et finit par le retrouver dans un squat de Jaurès. Vincent était dans un état déplorable. Sale au-delà de ce qu'on peut imaginer. Grégoire préféra cacher à sa femme qu'il pensait qu'il s'était drogué. Il se montra si malheureux et si convaincant que Vincent le suivit sans discuter. Pleurant et s'excusant de les avoir peinés. Il reprit sa vie auprès d'eux, leur demandant simplement de ne plus jamais évoquer sa mère devant lui. Ses parents adoptifs n'en espéraient pas tant. Son retour suffisait à leur bonheur. En apparence, Vincent redevint un bon fils et sa fugue fut rapidement oubliée. Au terme de la première année en IUT, il fut recalé à ses examens. Plutôt que de redoubler, il s'inscrivit en fac mais sans plus de succès. Il se mit à sortir plus que de raison, à rentrer tard, souvent éméché. Grégoire tenta bien de le prendre avec lui dans son entreprise, comptant sur les années pour qu'il retrouve une certaine stabilité et puisse reprendre l'affaire familiale. Cependant, victime de la crise et de ce qu'on appelle la mondialisation, l'entreprise périclita en moins de temps qu'il n'en faut pour l'expliquer. Elle ferma. Vincent décida de s'affranchir de ses parents, trouva un studio assez miteux (plutôt une chambre de bonne avec les toilettes au fond du couloir), abandonné par l'un de ses copains de virée et quitta Arcueil. Depuis, il vit de petits boulots, et ses parents, désormais à la retraite, l'aident de leur mieux à boucler ses fins de mois. Son père lui glisse quelques billets en cachette et c'est peut-être pour cela qu'il ne rate jamais le repas dominical. Il reste rarement dormir. Ses nuits dans la chambre voisine de celle de ses parents sont peuplées de cauchemars. Il lutte alors contre l'envie, le besoin presque impérieux, de les châtier.

Jusqu'à ce soir de novembre où il fut réveillé par la pluie frappant sur les volets. Il était en nage. Il se leva, se changea et, au lieu de regagner son lit, descendit à la cuisine. Là, avec pour seule lumière celle de la pleine lune, il s'aspergea le visage puis siffla d'un trait la bouteille de vin rouge à moitié vide laissée par son père à côté de l'évier. Il s'assit à la table et, la tête entre les mains, pleura. Il ne sait combien de temps il resta ainsi, prostré. Plusieurs heures sans doute car lorsqu'il remonta, les premières clartés du jour s'emparaient de la pièce. Il avait dans la main un long couteau de cuisine parfaitement aiguisé. Devant la porte de la chambre de ses parents, il n'hésita pas. Il saisit la poignée, ouvrit, n'entendit pas le loquet grincer.

En revanche, Grégoire Laurentin avait, c'est sa chance, le sommeil léger. Le bruit le réveilla.

— C'est toi, Vincent ? demanda-t-il. Qu'est-ce que tu veux ?

— Rien, rien… bredouilla-t-il. Je me suis trompé de chambre.

— Va te recoucher, mon fils. Il est encore tôt.

— Oui, oui, pardon…

— Ce n'est pas grave, conclut Grégoire.

Vincent entendit son père se retourner dans son lit et se rendormir dans un puissant ronflement. Il aurait pu profiter de la situation pour passer à l'acte mais il recula, le couteau plaqué contre sa cuisse, puis referma la porte derrière lui. Seul le contact de la lame glaciale l'apaisa.

Cette nuit où il fut tout près de les égorger – sa mère la première – pendant leur sommeil, il eu la force de fuir avant que le couple ne se lève comme tous les jours à sept heures pétantes.

Ses parents trouvèrent un mot « À dimanche ! » qui les rassura. Il revint en effet le dimanche suivant mais, depuis, Vincent n'est plus jamais resté dormir chez eux.

Le matin de cette nuit horrible à jamais gravée dans sa mémoire, il patienta devant une coutellerie du XIVe arrondissement et acheta un couteau, le plus cher du magasin. Le manche était gainé de cuir et la lame du meilleur acier. Il l'avait choisi effilé, pointu et court de façon à pouvoir le glisser dans la poche de son pantalon. C'est ce qu'il fit, une fois dans la rue, après s'être débarrassé de l'emballage.

Depuis il ne s'en sépare jamais.

Ainsi, à ce stade du récit, alors que le métro s'éloigne de Champs-Élysées-Clemenceau, direction Concorde, Vincent n'est plus aussi charmant et aussi aimable qu'il peut le laisser paraître au premier abord. Sa fêlure est profonde, très profonde, même s'il parvient sans peine à la dissimuler. À se demander si lui-même en a conscience tant il donne l'impression de croquer la vie à pleines dents.

Dans sa poche, tel un talisman, se niche ce couteau pointu, effilé et court. Parfaitement aiguisé, comme il s'y applique tous les matins.

Alors que le métro est dans le tunnel, une voix résonne dans le wagon. Vincent se retourne et aperçoit une SDF, une femme d'une cinquantaine d'années, habillée proprement, avec soin. Elle croit qu'ainsi vêtue elle saura émouvoir les passagers, cacher ses traits bouffis par de mauvais alcools.

« Leur cacher, pense Vincent, que sa vie misérable est foutue. »

D'une voix monotone, elle annonce, dans un français correct, qu'elle est au chômage depuis trois ans, s'excuse d'être obligée de mendier pour survivre et subvenir aux besoins de ses enfants. Elle demande une pièce ou un ticket-restaurant. La femme remonte la rame, d'un pas lent, comme si elle s'était déjà résignée à finir bredouille. Les voyageurs l'ignorent, fuient sa présence. Vincent guette la réaction de la jeune fille. Il la voit fouiller dans son sac et comprend qu'elle sera la seule à s'apitoyer. Elle va se faire avoir par cette pathétique mendiante.

C'est plus fort que lui, Vincent ne supporte pas ces gens, ces rebuts de la société qui lui rappellent d'où il vient, sa misérable mère. C'est elle qu'il voit dans la déchéance de cette femme. Dans un mauvais réflexe, incapable de maîtriser la haine qui d'un coup le submerge, il dit, lui crache presque au visage : « Casse-toi ! », à l'instant où la femme présente devant lui un gobelet de plastique. Par la faute de ses oreillettes, Stéphanie n'a pas bien entendu, mais elle a compris, à voir la réaction de la mendiante, la crainte dans ses yeux, que ce n'était pas tendre. Le regard qu'elle pose sur Vincent est empli d'incompréhension et de dédain. D'autorité, mais aussi pour défier les voyageurs et surtout celui qui est assis face à elle, elle glisse un euro dans le gobelet.

Stéphanie se renfrogne. Son sauveur serait-il une ordure, pas meilleur que les autres ?

Devinant sa réprobation, Vincent mesure aussitôt son erreur. Il l'a perdue avant même de l'avoir conquise.

Alors il rappelle la femme et sort deux euros.

— Excusez-moi, lui dit-il, le plus aimablement possible.

Elle s'incline :

— Merci, soyez heureux tous les deux !

Il sourit à la mendiante.

Vincent comprend qu'il doit se justifier. Et tout de suite. Il feint la contrition. Cela marchera peut-être.

— C'est la troisième de la journée. Je ne sais pas ce qui m'a pris, mais je n'en peux plus de toute cette misère. J'ai mal réagi.

Il y met tant de conviction qu'elle se laisse amadouer.

— Je comprends, finit-elle par dire. Moi aussi, cette détresse m'écœure. Le principal est de lui donner une pièce.

Elle s'adoucit :

— Et puis elle nous a souhaité d'être heureux.

— Tous les deux, ajoute-t-il.

— Tous les deux, répète-t-elle avant, dans un sourire, de s'isoler à nouveau.

Ainsi, tandis que la mendiante sort du wagon pour rejoindre le suivant, il s'en est fallu de peu. La relation naissante entre les jeunes gens, et surtout l'attirance qui montait en elle, a failli s'éteindre aussi vite qu'elle était née. Par chance pour Vincent, la musique et les oreillettes ont empêché Stéphanie d'entendre les mots violents qui lui ont échappé. Un moment d'agacement, rien de plus, voilà ce qu'elle croit.

De son côté, Vincent retrouve ses certitudes, la partie n'est pas perdue. Il se plonge à nouveau dans son portable.

Il constate que le message qu'il vient d'adresser à ses copains qui l'attendent au restaurant est enfin parti. Il en a modifié le texte : « Je suis malade, je reste chez moi, trinquez à ma santé ! Gaffe aux filles. Toutes des salopes ! » Il ajoute un smiley.

Passer la soirée avec eux ne l'intéresse plus du tout. Ils ne parlent que de gonzesses. À les entendre, ils baisent tout ce qui bouge. Ils le croient quand vient son tour d'évoquer ses conquêtes. Rien ne les étonne, il est si beau, si séduisant !

Son objectif désormais est ailleurs : faire la conquête coûte que coûte de celle qui lui fait face. Il sait qu'il ne lui est pas insensible. N'a-t-il pas fait le gros du boulot en s'opposant à la brute épaisse qui l'importunait ? Cette salope de clodo a failli tout faire rater. Mais, bon, les choses semblent reprendre leur cours. Il en a la preuve immédiate : tandis qu'il fait mine de se concentrer sur son téléphone, tête inclinée, il sent le regard insistant qu'elle pose sur lui. Il est passé tout près de la catastrophe. La fille s'intéresse toujours à lui. Il en est intimement persuadé et cela décuple son besoin de la séduire.

Il réfléchit à la tactique à adopter désormais. Ne plus commettre d'erreur et, surtout, faire vite. Peut-être va-t-elle descendre bientôt… Comment s'y prendre pour susciter son intérêt sans donner le sentiment d'être pesant, de vouloir profiter à l'excès de la situation ? Les filles, il ne faut surtout pas leur donner l'impression de les draguer bêtement, il faut leur laisser penser qu'elles ont l'initiative.

Celle qu'il a raccompagnée chez elle il y a dix jours n'est-elle pas tombée comme un fruit mûr dans son piège ? Jouer de son charme, rester un brin distant, c'est ce qu'il sait faire de mieux.

Cette fin d'après-midi-là, il était en chasse, comme il se plaisait à le dire. Dans ces moments-là il était irrésistible.

Avec elle, ce fut un jeu d'enfant. Elle avait attrapé le bus 72 devant la Maison de la Radio. Il était un peu plus de dix-neuf heures et il voulait se choisir une proie (c'est ainsi qu'il aime appeler celles qui succombent) sur cette ligne qui suit les quais de la Seine, rive droite. Sa chance à lui et sa malchance à elle fut qu'elle renverse son sac de courses tandis qu'elle avançait vers l'arrière du bus d'où il surveillait les femmes qui montaient. Il en avait déjà repéré quelques-unes, notamment une rousse, pulpeuse comme il les aime. Cependant le col roulé qu'elle portait l'empêchait de contempler la finesse de son cou. Il craignait qu'il ne soit un brin empâté et il détestait cela. « Mais, s'était-il dit, à défaut de grives on mange des merles. » Cette rousse était une proie facile et son envie était trop forte pour y renoncer. Il devait l'assouvir. Elle était assise deux rangs face à lui. Ils avaient eu le temps depuis Porte-de-Saint-Cloud d'échanger quelques regards et même un sourire complice. Il lui plaisait, à l'évidence... Elle lui avait encore souri au moment de descendre, avenue de Versailles. C'était plus qu'une invitation. Alors qu'il s'apprêtait à descendre, résolu à lui emboîter le pas – advienne que pourra, surtout pour elle –, il avait vu monter une jolie brune aux cheveux soyeux, avec un sac chargé à ras bord. Allez savoir pourquoi, alors que la rousse semblait l'attendre, il l'avait abandonnée à son sort. « L'instinct », se dira-t-il ensuite pour seule explication. Il avait regagné sa place à l'arrière et s'était focalisé sur la nouvelle arrivante. Peut-être que conquérir la rousse lui avait paru trop facile, toujours est-il qu'il ne lui adressa qu'un bref geste de la main lorsqu'elle passa à sa hauteur tandis que le bus démarrait, lui offrant sa déception. Trop tard pour changer d'avis. Il n'allait pas tirer sur la poignée d'alarme pour obliger le bus à s'arrêter et se précipiter vers elle ! Elle aurait probablement apprécié ce geste désespéré d'un homme éperdument romantique.

En réalité, c'est l'extrême finesse du cou de la jolie brune qui le retint.

Sa chance, alors, fut qu'une pomme s'échappe du sac de la jeune femme et roule dans sa direction. Il avait suffi qu'il la bloque du pied, qu'il la ramasse et la lui tende, en souriant. Pourtant, ce ne fut pas aussi facile que cela car, alors qu'il se penchait pour l'attraper avant qu'elle ne file sous le siège, un soubresaut du bus avait fait dévier le fruit et l'adolescente assise à sa gauche avait tenté de s'en saisir avant lui. Il avait été plus prompt et, ensuite, il avait conseillé à la fille de lui céder sa place sur un ton suffisamment convaincant pour qu'elle obtempère aussitôt et s'installe sur une autre banquette.

C'est ainsi que Caroline s'était installée à côté de Vincent, son gros sac sur les genoux, et que tout naturellement ils avaient entamé une conversation anodine. « J'adore les pommes », lui avait-il confié en préambule. Elle en avait sorti une et il avait mordu dans le fruit avec un plaisir évident et réjouissant. Quelques centaines de mètres plus loin, il savait qu'elle était secrétaire à la direction de la Radio depuis trois ans, qu'elle en avait vingt-six, qu'elle avait une chatte appelée Nana, qu'elle était végétarienne et une multitude de détails qui n'avaient à ses yeux qu'un intérêt : apprendre qu'elle vivait seule et n'avait pas de petit ami. Lui, en revanche, ne lui raconta que peu de choses sur sa vie. Tout ce qu'il dit, il l'inventa.

Enfin, elle lui confia surtout qu'elle habitait un studio de vingt-cinq mètres carrés, pas très grand, mais calme et bien agencé, derrière le Bazar de l'Hôtel-de-Ville. « J'adore le quartier, et je préfère un studio dans ce quartier que le double de surface n'importe où ailleurs », avait-elle susurré.

Cela tombait bien puisque c'était justement là qu'il devait descendre, lui avait-il dit en sentant que cette perspective ne déplaisait pas à la jeune femme. Il lui fut ensuite très facile de l'accompagner jusqu'à son immeuble de la rue des Quatre-Fils, après s'être emparé d'autorité de son sac à provisions. Cela ne représentait qu'un léger détour pour lui « qui avait rendez-vous avec un copain, rue des Archives ».

Il ne l'invita pas, comme elle l'espérait sans doute, à s'arrêter boire un verre dans l'un des nombreux cafés sur leur chemin. Il donnait seulement l'impression d'être content de marcher avec elle et de l'écouter parler. Rue des Blancs-Manteaux, il accéléra un peu le pas après avoir regardé sa montre. « Guillaume va être furieux, plaisanta-t-il. Il déteste attendre. » Elle répondit qu'il pouvait la laisser là.

— Tu rigoles ! J'irai jusqu'au bout !

Elle ne se le fit pas dire deux fois et enchaîna sur son amour pour le théâtre où elle allait au minimum deux fois par mois. « Si je m'écoutais, j'irais tous les jours ! » Elle bénéficiait de réduction grâce au comité d'entreprise de Radio-France. Elle n'en crut pas ses yeux quand il lui confia qu'il partageait la même passion et évoqua le spectacle de Fabrice Luchini sur l'œuvre de

Céline qu'il avait adoré. Elle l'avait vu le mercredi précédent.

— Mercredi ? C'était le même soir que moi !

Elle trouva cela « incroyable ». En plus ils étaient tous les deux au deuxième rang du balcon à quelques places l'un de l'autre.

— Nous étions faits pour nous rencontrer, claironna-t-il.

Elle n'osa pas approuver mais le pensa très fort.

Vincent avait menti. Il avait bien vu le spectacle, l'avait beaucoup aimé, mais c'était trois ans plus tôt.

— Il faudrait que nous y retournions ensemble, lança-t-il.

À l'angle de la rue des Archives, alors qu'il ne restait qu'une cinquantaine de mètres avant d'arriver devant chez elle, il s'était arrêté et avait écrit sur un morceau de papier son numéro de téléphone. Elle ne se fit pas prier pour lui donner le sien. Elle désigna son immeuble de crépi blanc.

— Mon studio est au troisième, ajoutant, souriante : Sans ascenseur !

C'était plus qu'un sourire, comprit-il, déjà une invitation à la suivre.

Cependant il ne releva pas et, devant le 7 de la rue des Quatre-Fils, lui promit de l'appeler « dès demain ».

— Demain matin ! s'amusa-t-elle, tant elle s'abandonnait sans retenue au plaisir de cette rencontre tellement inattendue.

Elle n'en revenait pas de sa chance et tant pis si elle ne passait pas ce soir. Elle se raisonna : « En amour, il ne faut pas se précipiter. »

Il lui rendit son sac, l'embrassa à la commissure des lèvres et dit, tout sourires :

— Demain, à huit heures pétantes !

Elle aurait bien prolongé ce bref instant en laissant glisser son visage de quelques centimètres. Elle rêvait d'un vrai baiser, là, maintenant, sur le pas de sa porte. Un baiser plein de fabuleuses promesses.

Mais s'il faut évoquer la chance, elle intervint sous la forme d'un « Bonsoir, Caroline ! » lancé par une jeune femme jaillissant de l'immeuble dont le tout nouveau couple bloquait l'entrée.

Ils reculèrent pour la laisser passer. Caroline lui présenta Sophie, « ma voisine de palier, et, lui, c'est Francis, un ami. Il est pilote de ligne sur Air France ». Elle fanfaronnait.

Francis, c'était le prénom qu'il s'était choisi. Pilote de ligne, la profession qu'il avait inventée.

Sophie, au lieu de s'éloigner, eut largement le temps de détailler le jeune homme qu'elle trouvait très attirant. Et elle s'incrusta, au grand dam de sa voisine.

La porte restée entrouverte laissait apparaître un long couloir sombre, idéal pour ce qu'il voulait accomplir.

Pourtant, il préféra renoncer.

Cette conne de voisine ferait de lui un portrait trop détaillé et il ne pouvait pas prendre ce risque. Alors, il caressa la main de celle qu'il avait su si bien séduire, lui promit de l'appeler très vite et abandonna les deux jeunes femmes. Tandis qu'il s'éloignait, il percevait les reproches que l'une adressait à l'autre. Il entendit : « Et voilà, à cause de toi, je risque de ne jamais le revoir ! »

C'est à cet instant qu'il changea d'avis.

Peut-être que s'il n'avait pas capté les mots furieux de Caroline à l'endroit de sa voisine – elle était allée jusqu'à la traiter de jalouse, ce qui était exagéré –, les choses ne se seraient pas passées ainsi.

Marchant d'un pas souple et lent, Vincent avait attendu que les deux femmes se séparent, vu disparaître Sophie à l'angle de la rue des Quatre-Fils, laissé encore s'égrener quelques secondes, et ensuite seulement, il avait rebroussé chemin, oubliant toute précaution. Maintenant, son pas était tendu et pressé. Il repéra de la lumière au troisième étage et s'engouffra dans le couloir sombre. Ce n'est qu'une fois arrivé au troisième qu'il alluma la cage d'escalier. Là, il eut une mauvaise surprise : il y avait quatre portes. Toutes anonymes. Deux au fond du palier, deux sur rue, dont celle de l'appartement où il avait aperçu les lumières. Il tendit l'oreille, mais des quatre logements lui parvenaient des bruits diffus, trop faibles pour lui désigner avec certitude celui de Caroline. Il ne pouvait pas rester longtemps. Surpris ici (et dans ces immeubles, il y a tellement de va-et-vient), il aurait dû partir. Alors, après une brève hésitation, il se fia à son instinct : il choisit la porte de l'appartement donnant sur rue. À l'instant où il allait frapper, il entendit la sonnerie d'un portable à sa droite et la voix de Caroline. Il retint sa main et, dans le même élan, il toqua à la porte de la jeune femme. Il se sentit observé par l'œilleton et répondit par un sourire. Un sourire qui voulait dire : « Excuse-moi, mais je n'ai pas résisté à l'envie de te revoir. Attendre demain était trop loin… » Il entendit un rapide « Je te rappelle », tandis que dans le même élan elle lui ouvrait la porte sans marquer la moindre surprise. Comme si sa venue était un cadeau inespéré.

Deux minutes plus tard, après s'être assuré par l'œilleton que la voie était libre, il était ressorti.

Il rentra chez lui par la ligne 1 du métro. Satisfait au-delà de tout, il ne parvint à s'intéresser à aucune des autres jeunes femmes qui partageaient la rame en sa compagnie jusqu'à Sablons. Pourtant il nota que quelques-unes auraient bien volontiers lié connaissance avec lui. Et davantage, pourquoi pas… Il faut dire, au risque de se répéter, que Vincent est beau, très attirant, avec un je ne sais quoi de fragile et de rassurant. Mais apaisé comme un drogué qui a reçu sa dose, aucune ne pouvait l'intéresser.

Inutile de préciser que le numéro qu'il avait donné à Caroline était faux et que les enquêteurs s'y cassèrent les dents.

C'était dix jours plus tôt, dix jours à digérer son plaisir, s'en repaître, et surveiller les commentaires dans la presse qui parlait déjà d'un tueur en série « lâché dans Paris » (*Le Parisien*) « qui mettait en échec les hommes du commissaire Pelletier » (*Le Figaro*). Aucun journal ne mentionnait le jeune homme qu'une voisine de Caroline avait surpris en sa compagnie devant la porte de l'immeuble, quelques minutes avant qu'elle soit égorgée.

Les policiers conservaient pour eux le portrait-robot assez précis qu'elle avait dressé. En revanche, et cela le ravissait, les journaux établissaient tous des similitudes avec trois autres crimes perpétrés contre des jeunes femmes ces derniers mois à Paris. Deux avaient été retrouvées égorgées dans le couloir de leur immeuble, la troisième dans le local à poubelles et la dernière dans l'entrée de son studio dans le quartier du Marais. Aucune n'avait subi de violences sexuelles, comme si les égorger suffisait à assouvir les pulsions du tueur.

Et c'était le cas.

Ah, l'instant où attirant sa proie pour un inoubliable baiser, il sortait son couteau de sa poche gauche et lui tranchait le cou après l'avoir caressé. Il agissait avec une telle dextérité qu'aucune goutte de sang, même la plus infime, ne l'atteignait. Chaque fois, il restait sur place, incapable du moindre mouvement, le temps qu'elle meure. Il avait besoin d'entendre les ultimes râles de sa victime. Ensuite seulement il s'enfuyait.

Cela ne durait que quelques secondes à peine, mais il en retirait un bien-être si intense qu'il n'en dormait pas de la nuit.

Après cette nuit douloureuse où il avait voulu égorger ses parents adoptifs, il avait tenté en vain de refouler ses pulsions meurtrières. Mais, au fil des mois, il s'y abandonna. Dans un premier temps, il se contenta de suivre des inconnues, son couteau parfaitement aiguisé dans la poche. Puis, assuré de la puissance dévastatrice de son charme, il les aborda. Longtemps, il n'osa pas franchir le pas. Nombreuses furent celles qu'il avait choisies comme victimes et qu'il abandonnait vivantes, quand elles entraient dans leurs immeubles. Il errait des nuits entières, se reprochant sa lâcheté. « La prochaine sera la bonne », se promettait-il.

Cela dura des mois, le plongeant dans un désespoir sans fin, jusqu'au jour où il passa à l'acte. Une fille croisée dans le RER A. Il n'a pas retenu son prénom, seulement le léger parfum qui s'échappait de l'échancrure gracieuse de son cou. Le couloir qui menait à l'escalier était si étroit qu'elle dut le précéder, le guidant dans l'obscurité. Lorsque, soudain, la lumière crue jaillit, son cou s'offrit à lui. Il ne résista pas. Si elle n'avait pas appuyé sur l'interrupteur, peut-être aurait-il abandonné une nouvelle fois et l'aurait-il quittée au pied des marches, lui promettant de la revoir bientôt. Mais il avait fallu qu'elle allume le néon. Il la prit par la taille, déposa un baiser dans le creux de son épaule, à la base du cou. Ensuite seulement il sortit sa lame. Elle s'affala sur sa gauche dans le local à poubelles sans avoir poussé le moindre cri. La lumière s'éteignit. C'est plongé dans le noir, dans un silence absolu, qu'il entendit le sang s'échapper de sa gorge tranchée.

Il ressentit une telle jouissance qu'il se promit de recommencer.

Cependant ce dimanche soir, à l'inverse de ceux où, comme il aimait se le dire, « il partait en chasse », il devait vraiment passer la soirée au restaurant avec des copains. Mais, dans le métro, il a trouvé cette place, en face de la fille blonde au cou si attirant, et sa pulsion criminelle l'a rattrapé. Pour son plus grand plaisir. Il n'a que cela en tête maintenant. Lui trancher le cou et jouir de sa mort.

Dans sa poche, il sent la présence rassurante de son couteau parfaitement aiguisé.

Elle ne lui échappera pas. Il en a l'absolue certitude. La foule qui se presse dans le wagon est la meilleure garantie de son anonymat.

Le métro roule vers Concorde. À ce stade, un résumé s'impose.

Sans un extraordinaire concours de circonstances qui remonte bien au-delà du pass Navigo muet de Vincent qui lui a fait rater le train précédent, et d'elle qui a quitté son boulot d'hôtesse d'accueil avant l'heure ou de l'intervention de la brute avinée, ils n'auraient jamais dû se croiser ce soir-là sur la ligne 1.

Leur rencontre est-elle le fruit du destin ? Une chose est sûre : pour Stéphanie, elle tient de la malchance. Car c'est la route sanglante d'un élégant et charmant tueur en série que la délicieuse (et malheureuse) Stéphanie emprunte désormais. Avec cette question : le hasard va-t-il au final la sauver ? Après tout, il lui reste encore dix stations pour que les choses s'inversent et qu'elle poursuive son chemin, sans même se rendre compte qu'elle a croisé le meurtrier qui terrorise la capitale depuis des mois, mettant en échec les meilleurs flics de France. Sera-t-elle la prochaine victime ?

DEUXIÈME PARTIE

Direction Châtelet

Vincent doit agir au plus vite. Il a une idée : pour renouer le contact, il va lui demander ce qu'elle écoute.

Mais la chance, ce soir, est avec lui. Car au moment où il va poser la main sur son bras, c'est elle qui prend l'initiative, sans imaginer qu'elle vient d'entrouvrir la porte à son propre piège.

Abandonnant le refuge où elle s'est isolée, elle enlève ses oreillettes, referme son magazine et tend la main.

— Stéphanie, annonce-t-elle d'une voix claire. Mes amis m'appellent Stéph.

— Enchanté, Stéph ! répond-il avec un furtif et charmant sourire de contentement.

Ainsi, c'est sur le trajet qui les mène à Concorde qu'ils échangent leurs prénoms. Elle trouve que « Pierre » qu'il a murmuré comme un secret entre eux est un joli prénom, de plus en plus rare.

— Je te préviens, plaisante-t-il, je déteste qu'on m'appelle Pierrot !

Elle rit. Il ajoute :

— Mes parents m'ont donné le prénom de mon grand-père. C'est une tradition dans notre famille.

Au-dessus d'elle, une affiche annonce qu'une foire aux vins se tient ce week-end à la Défense.

Alors, pris d'une inspiration subite, il lui raconte qu'il descend d'une « vieille » famille de négociants en vins bordelais très catholique.

— Je suis un mauvais fils : je ne bois jamais, plaisante-t-il.

Elle, à l'inverse, « adore le vin, et surtout le bordeaux ! »

Comme entrée en matière, il n'y a pas pire.

Elle songe à la journée horrible qu'elle vient de passer au milieu de tous ces négociants en vins. Mais le sourire apaisant du jeune homme la réconcilierait presque avec la profession.

À Concorde, Stéphanie a déjà raconté par le détail la journée horrible qu'elle a vécue comme hôtesse.

— Dans ma famille, nous ne sommes pas comme ça ! la rassure-t-il en riant.

— J'espère bien ! réplique-t-elle.

— Aucun risque.

À la station Tuileries, les deux jeunes gens parlent maintenant de musique. Ils se tutoient depuis le début. À leur âge, le vouvoiement serait de trop.

— Qu'est-ce que tu écoutes ? demande Vincent.

— Devine !

Stéphanie se penche, dévoilant la naissance de ses seins et son soutien-gorge en dentelle. Bien mieux : elle offre à la convoitise de Vincent son cou fin et gracieux. À satiété. Il rêve déjà d'y promener sa main. Et davantage encore. « Saint-Mandé n'est pas si loin... » songe-t-il.

Il ne résiste pas au plaisir de caresser sa lame.

Elle sort son iPhone de son sac à main et tend les écouteurs au garçon curieux assis en face d'elle. Vincent les prend délicatement et approche l'un d'eux de son oreille. Elle est fine, en harmonie parfaite avec son beau visage. Il se concentre quelques secondes avant d'annoncer, content de lui :

— Les Rolling Stones.

— Et le titre ? s'amuse-t-elle.

Il feint de réfléchir. Ce titre, il l'a trouvé d'entrée, dès les premières mesures.

— « I Want to Be Loved ».

— Tu connais ça, toi ? s'étonne-t-elle à moitié.

— C'est sur leur dernier album.

« Ce garçon est décidément plein de ressources », pense-t-elle. À cet instant, elle ne peut pas encore se l'avouer, mais elle est conquise. Plus encore quand il lui raconte que c'est son groupe préféré et qu'il a assisté dans la fosse, au plus près d'eux, à leur dernier concert au Stade de France quelques mois plus tôt et qu'il connaît leur répertoire « sur le bout des doigts, ou plutôt des oreilles ».

C'est dans la fosse qu'il a séduit sa seconde victime. Elle s'appelait (puisqu'il faut bien parler d'elle à l'imparfait), Sylvia. Elle était jolie, juchée sur des talons de dix centimètres qui cachaient qu'elle n'était pas très grande (un mètre soixante), blonde aux cheveux coupés court, le visage constellé de taches de rousseur. Son cou en était perlé, la rendant vraiment sexy. C'est ce simple détail qui l'attira aussitôt. Sinon, peut-être l'aurait-il négligée. Car il n'aime pas les filles vulgaires et celle-là l'était à plein nez, avec son débardeur fuchsia et son jean à moitié déchiré.

Sylvia n'aurait pas dû se trouver là. D'abord parce que « les Stones, ce n'étaient pas sa came », lui avoua-t-elle dans le RER bondé qui les ramenait à Paris. Elle était plus « heavy metal ». Il détestait le metal, mais il lui confia qu'il aimait bien aussi. « J'écoute de tout, tout le temps, lui confia-t-il, ajoutant : Je ne peux pas passer une journée sans musique. J'en mourrais ! » Elle était comme lui.

Elle n'était venue à ce concert que parce qu'une de ses copines, malade, lui avait revendu sa place. Elle l'avait négociée au rabais, s'était même dit qu'elle tenterait de la vendre au noir, histoire de réaliser un petit bénéfice. Elle n'y était pas parvenue mais elle ne le regrettait pas, lui avait-elle dit en se laissant embrasser à nouveau dans le cou.

Pressée par la foule, elle s'était collée à lui. Il n'avait pas aimé l'odeur de transpiration qui se dégageait d'elle.

Ils avaient échangé un premier baiser pendant le concert sur l'introduction de « Satisfaction ». Il avait résisté tant qu'il avait pu à la langue de la fille qui avait forcé sa bouche. Il avait fini par céder, mû par le seul espoir qu'il lui ferait payer plus tard ce baiser immonde. En revanche, il n'avait pas résisté à l'envie de laisser sa bouche se poser sur le cou offert par la jeune femme. Du bout du doigt, il s'était amusé à compter à voix haute les taches de rousseur. Il s'était arrêté à trente-six. Au lieu de s'en étonner, la fille était aux anges.

Sylvia était venue au concert avec deux copines. Elle était allée s'acheter une bière et les avait perdues dans la foule. Elle s'était faufilée, manœuvrant adroitement jusqu'aux premiers rangs, et, bousculée, avait renversé ce qui lui restait de bière sur la chemise du jeune homme devant elle. Il avait ri, dit que ce n'était pas bien grave et, s'écartant, l'avait invitée à ses côtés, tout près de la scène. Quand on est petite, même avec des talons de dix centimètres, c'est une chance qu'on ne refuse pas !

À la fin du concert, elle ne voulait plus le quitter et avait abandonné l'idée de retrouver ses copines. « On a mieux à faire ! » annonça-t-elle en minaudant. Bref, elle était plus que d'accord pour qu'il la raccompagne chez elle dans le IXe.

C'est dans l'entrée sombre de son immeuble qu'il l'attira et lui trancha la gorge, et connut sa seconde extase. Il la laissa choir sur le carrelage, se vidant de son sang sans un cri, dans un gargouillis jouissif.

Le souvenir est encore chaud tandis que, dans le métro qui quitte Palais-Royal, Stéph, comme il l'appelle désormais, le soumet à un impitoyable blind test dont il sort vainqueur à chaque coup. Il est incollable sur les Rolling Stones et Stéphanie en rirait aux éclats si elle ne craignait d'attirer l'attention sur eux. Le téléphone de Stéphanie retentit et interrompt leur jeu. Les quelques notes du morceau « Happy » qui lui servent de sonnerie sont aussi gaies et guillerettes qu'elle. Elle l'éteint d'un geste bref et précis. Elle sait qui l'appelle et refuse de répondre. Martin. Pas maintenant.

À côté d'elle, un homme déplie *Le Parisien* du jour. La page de gauche se pose sur sa cuisse. Avant qu'il n'attire le journal à lui, Stéphanie a le temps de lire le titre de l'article qui s'étale en pleine page : « Peur sur la ville ». Elle délaisse Vincent pour essayer de deviner le contenu du papier. Le jeune homme a noté sa curiosité. Ce journal, il l'a dévoré ce matin. Ce qu'il a lu l'a rassuré au plus haut point : *Le Parisien* ne parlait que de « l'échec des meilleurs flics de France confrontés depuis des mois à ce tueur en série, un psychopathe qui égorge ses victimes, de jeunes et jolies femmes ». Il n'a pas aimé être qualifié de psychopathe, mais la lecture du journal l'a ravi. Il s'est senti invincible. Alors, il dit à Stéphanie :

— Ça parle d'un type qui tue des jeunes femmes à Paris. Il paraît qu'il en aurait déjà égorgé quatre.

— Jamais entendu parler, glisse-t-elle de toute son innocence. Ça fait peur, non ?

— Les flics finiront par l'avoir ! Mais, oui, ça fout la trouille de savoir qu'un assassin est en liberté. Mais rassure-toi, je suis là !

— J'y compte bien ! plaisante-t-elle à son tour, avant de replonger dans le blind test où elle espère bien coincer son compagnon d'un soir.

L'homme à ses côtés a déjà replié son journal. Il se lève pour descendre. Le train va bientôt pénétrer dans la station Châtelet. Un jeune garçon de quinze ou seize ans s'empare aussitôt de la place libérée.

Station Châtelet

Au même moment, le brigadier-chef Jean-Marc Charland presse le pas sur l'interminable tapis mécanique de Châtelet. Il avance si rapidement que, croisant les voyageurs qui marchent sur le tapis de l'autre côté, il a l'impression de courir.

Il a pris l'entrée sur la place et le quai de la ligne 1 est encore loin. Au milieu du tapis, il doit ralentir sa progression : un groupe de jeunes touristes américains encombrés de valises bloque le passage. Il renonce à les dépasser et patiente jusqu'à l'extrémité. Alors seulement il se faufile et continue d'un pas rapide, négligeant leurs hésitations. Un autre jour, il les aurait volontiers aidés à s'y retrouver dans ce dédale souterrain. Mais ce soir, il en a sa claque. S'il se dépêche, c'est que, après une journée éprouvante commencée dès l'aube il ne pense qu'à son lit et à une bonne nuit réparatrice. Son patron, le divisionnaire Pelletier, ne l'a pas lâché, lui et les copains de la brigade. Cela fait des semaines, des mois presque, qu'ils travaillent sans répit sur une série de crimes violents dans la capitale, des jeunes femmes retrouvées la gorge tranchée.

Ils en sont certains désormais : il n'y a qu'un unique tueur. Depuis l'assassinat de Caroline Garrigue dans son studio du Marais, dix jours plus tôt, ils disposent enfin d'éléments tangibles.

Très vite, ils avaient éliminé la piste d'un familier des victimes. Les crimes étaient trop semblables et ne pouvaient être attribués qu'à un seul individu. Pas de viol, mais un coup de poignard parfaitement exécuté. De droite à gauche.

« Un gaucher », avaient-ils rapidement conclu.

Depuis, ils se heurtaient à l'hypothèse d'un rôdeur opportuniste qui rendait leurs investigations infructueuses. Et très difficiles. « Dans cette putain d'affaire, il faudra avoir du cul. Sinon ça risque de durer, leur avait dit le divisionnaire, un soir où ils ne progressaient pas. Ce fumier n'est pas seulement un psychopathe pervers, avait-il poursuivi, il est subtil et intelligent. »

Depuis quelques jours, et encore plus, ce dimanche, leur enquête a fait un pas de géant.

D'abord, ils ont compris son mode opératoire : il égorge ses victimes juste après les avoir séduites. Aucune n'a eu de relation suivie avec lui. Il les rencontre au hasard de ses virées assassines, les raccompagne à leur domicile et les tue.

Si les enquêteurs en sont arrivés à cette conclusion, c'est grâce au travail minutieux du brigadier-chef Charland. L'homme qui presse le pas, à ce moment précis, dans les couloirs sans fin de la station Châtelet.

D'abord, le tueur a fait une erreur « de débutant », comme l'a qualifiée le divisionnaire. Il a été vu par une voisine devant la porte de l'immeuble de Caroline, sa dernière victime. Surpris, il s'est éloigné mais, ils en ont désormais la certitude, il est revenu. Le portrait-robot, dessiné grâce au témoignage de Sophie Lagarde, était assez précis, pas suffisant toutefois pour le livrer à la presse. « Gardons cette carte pour nous », avait ordonné Pelletier.

Ensuite, Charland a démontré que le tueur a rencontré Caroline dans le bus 72 alors qu'elle sortait du travail et l'a accompagnée jusque chez elle, rue des Quatre-Fils.

Le chauffeur du bus ne se souvenait pas de ce passager (« J'en vois tant sur ma ligne que je ne leur prête plus attention, je préfère me concentrer sur ma conduite », expliqua-t-il) ; en revanche, une adolescente présente cette fin d'après-midi-là avait été formelle : c'était bien lui qui avait saisi une pomme tombée du sac de la fille et en avait profité pour lier conversation avec Caroline. Elle était assise près d'eux et avait pu raconter aux policiers dans les moindres détails – les ados sont des fouines – leur rencontre et comment l'homme était descendu en compagnie de Caroline à l'arrêt Hôtel-de-Ville.

Voici comment les choses se sont passées et comment la chance avait enfin tourné.

Le brigadier-chef suivait depuis plusieurs jours son intuition et le patron l'avait laissé s'entêter sur cette piste. Le tueur et sa victime s'étaient croisés « par hasard », et pour son malheur sur la ligne 72, celle qui longe la Seine.

Jean-Marc Charland montait donc à l'arrêt Maison de la Radio, approximativement à l'heure où Caroline l'avait empruntée, il parcourait le bus en présentant la photo de la victime et le portrait-robot du tueur. Certains passagers, des habitués, avaient reconnu Caroline, mais pas l'homme. Jusqu'au témoignage de l'adolescente.

Cela s'était produit, comme par enchantement, trois jours plus tôt, le jeudi. Une nouvelle fois, Charland avait fait chou blanc. Mais il ne renonçait pas. Comme les jours précédents, il allait descendre à Alma pour prendre le bus suivant, le portrait-robot et la photo de Caroline au bout des doigts. C'est à ce moment-là que l'ado l'avait interpellé. La jugeant trop jeune, il l'avait négligée quand il s'était dirigé vers le fond du bus, présentant le dessin et la photo aux voyageurs. Sonia était assise à côté de la sortie, près de la vitre, absorbée par son portable. Il s'était accroché à la barre latérale sur un coup de frein du chauffeur et, de ce fait, il avait mis involontairement l'image de l'homme sous le nez de la gamine. Vexée d'avoir été oubliée par le policier, elle avait hésité à intervenir. Mais sa curiosité et l'envie de se sentir importante avaient été plus fortes : elle l'avait appelé avant qu'il descende. « Moi, j'ai vu le monsieur sur le dessin », avait-elle crié, en le retenant par le bras.

Grâce à elle, les enquêteurs disposaient de son mode opératoire, d'un portrait encore plus fidèle, du prénom qu'elle avait entendu, Francis. Ils avaient acquis une certitude : le tueur tombait par hasard sur ses victimes, il se liait ensuite avec elles jusqu'à ce qu'elles acceptent qu'il les suive. C'était d'autant plus effrayant qu'il se montrait amical, drôle et intelligent.

Sonia, qui n'avait pas raté un instant de leur rencontre, avait décrit un garçon d'une vingtaine d'années, grand, brun, les cheveux coupés court, élégant et – surtout – très beau. Elle se souvenait aussi de sa veste grise. C'était bien le même individu dont leur avait parlé Sophie, la voisine de Caroline.

Charland avait passé l'essentiel de son dimanche à visionner les images du concert des Rolling Stones au Stade de France, tandis que d'autres travaillaient sur les vidéos de surveillance du RER A où, selon leur hypothèse il avait séduit la deuxième fille assassinée. L'image saisie par le brigadier-chef Charland au Stade de France était floue.

En revanche, celle où on le voyait à Charles-de-Gaulle discutant, tout sourire, avec Nathalie M., celle dont le corps a été retrouvé dans le local à poubelles, était parfaitement nette. Sur les deux clichés, il portait une veste grise.

Et c'était le même homme.

À 17 h 47, ce n'est plus d'un portrait-robot qu'ils disposaient mais de la photo du tueur. Restait maintenant à mettre un nom dessus. Lorsque Charland avait quitté le Quai des Orfèvres un peu après vingt et une heures, ils ne l'avaient toujours pas. Son portrait ne figurait pas dans le fichier des délinquants mais la photo avait déjà été diffusée dans tous les commissariats de Paris et des environs immédiats. La décision de la divulguer à la presse avait été écartée. « Trop risqué avait estimé le patron. S'il la voit, il va filer. » Le divisionnaire préférait attendre le retour des informations récoltées par les commissariats. Charland partageait son avis et c'est les yeux rougis à force de triturer les images vidéo qu'il avait été autorisé à rentrer chez lui à Bastille. Le patron avait donné rendez-vous à tous dès le lendemain, sept heures, « certain qu'ils auraient cet enculé dans la journée ». Charland, qui avait toujours du mal à trouver le sommeil, savait qu'il ne dormirait pas beaucoup. Avant de quitter le 36, il était resté un quart d'heure à partager une bière avec ses collègues de permanence, Loukili et Guirado. Le premier, un jeune très coquet qui prend grand soin de ses cheveux noirs et longs, il le connaît peu. En revanche, Guirado a, comme lui, trente-sept ans. Ils ont intégré le groupe le même jour. Cela forge une amitié, autant que les sales coups qu'ils ont affrontés ensemble par la suite. La brigade venait de perdre deux hommes. L'un parce qu'il était en dépression, l'autre parce qu'il était tombé amoureux d'une Grenobloise et avait obtenu sa mutation dans l'Isère. Tous deux rêvaient de travailler dans l'équipe de Pelletier. Ils se sont battus comme des chiens pour obtenir ces postes vacants. Comme quoi, dans la vie, il faut aussi provoquer le destin. Même si la route peut être longue. Quand on est, comme Guirado, petit-fils de républicain espagnol abattu par des miliciens, fils d'ouvrier dans la métallurgie à Carmaux, avec une mère s'exprimant à peine en français, cela tient du miracle, et démontre une sacrée volonté de réussir, pour intégrer la crème de la crème de la police.

Il faut imaginer tous les événements, les moments souvent chanceux et d'autres moins, qui ont émaillé sa vie, avant qu'il se retrouve, ce dimanche soir, à partager une bière glacée avec Jean-Marc, qui est devenu son meilleur pote. À plaisanter, à rire, passer ces instants pour le seul plaisir d'être ensemble.

Si sa femme ne l'avait pas appelé pour lui demander s'il en avait encore pour longtemps, Charland y serait encore. Il a toujours du mal à s'échapper du 36. Ce n'est pas qu'il se sent mieux là que chez lui mais il aime traîner avec Guirado. Parler de tout et de n'importe quoi. Et, surtout, raconter des conneries, histoire de décompresser après les tensions de la journée. « J'arrive », avait-il répondu à sa femme, s'excusant presque. Il avait vidé sa bière au goulot et avait filé, sous les commentaires moqueurs de ses deux collègues. « Le toutou à sa mémère », s'était amusé Loukili.

C'est une blague entre eux : Charland, flic courageux, bosseur et intraitable, file droit devant madame. Elle porte la culotte !

Si Guirado n'avait pas été là ce soir, et s'il ne l'avait pas croisé sur le palier du second, Charland serait directement parti chez lui. Il serait déjà arrivé.

Et il n'aurait pas été obligé de cavaler pour rattraper un peu le temps perdu. D'un pas vif, il avait rejoint Châtelet, parcouru les interminables couloirs et était descendu sur le quai à l'instant où la rame approchait. Dans la poche intérieure de son blouson, la photo et le portrait-robot du psychopathe.

Dans la rame qui pénètre dans la station, un jeune homme annonce, l'œil pétillant : « Châtelet ! Ce train va trop vite ! » à une jeune femme souriante, qui semble ravie de partager ce trajet avec lui. Ceux qui la connaissent diraient qu'elle est toute prête à succomber au charme du garçon. N'a-t-elle pas éteint son portable lorsque est apparu pour la seconde fois, entre Louvre et Rivoli, le nom de Martin ? « Un ami, son petit copain ? » s'est demandé Vincent. Le geste furtif de Stéphanie n'a pas échappé à sa vigilance et il se dit que les choses se présentent au mieux. Il constate avec plaisir qu'elle n'a pas envie de parler à celui qui tente à tout prix de la joindre. « Elle est tout à moi. »

Alors qu'il reste moins d'une dizaine de stations, Vincent triomphe déjà. À l'instinct, il est sûr de la victoire finale. Elle sera sa prochaine proie. La chasse a été bonne.

Quelques secondes plus tôt, le tintement caractéristique d'un texto a retenti. Stéphanie a jeté un œil. « Mon amour, dis-moi où tu es, et je viens te chercher d'un coup de scooter. J'ai envie de te voir. Bises d'amour. »

Stéphanie a mis son portable sur silencieux. Vincent, auquel rien n'échappe, retient un sourire satisfait.

— Et toi, qu'est-ce que tu fais ? demande le jeune homme.

Il voulait qu'elle parle d'elle, de sa vie, de ses études, de ses amours surtout, histoire de confirmer ses impressions. Mais elle n'a pas envie d'évoquer l'existence de Martin, ce « fiancé » désormais encombrant. Elle répond, malicieuse :

— Maintenant, je rentre dormir chez mes parents à Saint-Mandé.

Vincent n'en attendait pas tant. Il glisse :

— C'est dingue, moi aussi je vais là-bas, à une fête chez des copains. Tu descends où ?

— À Saint-Mandé. Tourelle ! précise-t-elle.

— Dommage, moi je sors à la station suivante, à Bérault, ment-il.

— Dommage ? s'étonne-t-elle avec une pointe de déception qu'il relève avec satisfaction.

Vincent plisse les yeux sur le tracé de la ligne au-dessus de la porte. Tandis que la rame s'immobilise dans un crissement strident, il compte à haute voix et annonce :

— Il nous reste huit stations.

Soudain, il a peur d'en avoir trop dit, qu'elle s'imagine qu'il la drague, avec le risque qu'elle se referme. Jusque-là, pour ne pas l'inquiéter, il s'est appliqué à ce que leur rencontre ne soit qu'un moment sympathique partagé par deux jeunes gens qui se sont croisés par hasard dans ce métro nocturne. Surtout, lui laisser penser que les choses en resteront là, quand leurs chemins se sépareront. Cela s'est passé ainsi avec les autres, sauf avec cette imbécile du Stade de France qui s'est littéralement jetée sur lui. Il n'aime pas les filles faciles et garde un mauvais goût de ses baisers trop appuyés.

Au contraire, elle réagit d'un vibrant « un bon quart d'heure » qui le rassure. Cette fille sera une proie facile et, s'il s'y prend bien, il saura trouver les mots pour lui dire qu'il descend avec elle pour faire quelques pas en sa compagnie. Elle aura confiance quand il dira rejoindre ses copains ensuite. Après l'avoir raccompagnée jusqu'à chez elle. Cette partie, il la maîtrise si bien qu'il est rassuré.

Mais elle n'échappera pas à sa lame et son cœur palpite déjà d'excitation à cette seule pensée.

— Elle est magnifique, ta montre, murmure-t-elle.

Il tend le bras :

— C'est une vieille Breitling de collection. Elle me vient de mon père.

Elle saisit sa main pour l'examiner de près. Il sent la douceur de sa peau diaphane. Si pure. Son pouls bat à tout rompre.

Mais qu'en serait-il des palpitations de son cœur s'il savait qu'à cet instant précis un policier chargé de l'enquête s'apprête à monter dans le même train, à Châtelet, avec sa photo glissée dans la poche intérieure de sa veste ?

Ce soir il y a tant de transit à Châtelet qu'il faut attendre patiemment que tous les voyageurs descendent avant d'accéder à la rame. C'est ce que fait le brigadier-chef Charland. Il va pour monter en milieu de train, lorsqu'il s'aperçoit que la voie est déjà dégagée quatre portes plus loin. Il fonce, se glisse dans le wagon et repère un strapontin libre. Désormais il est assis à l'avant.

Il y case d'autorité son petit mètre soixante-dix, indifférent aux voyageurs qui se pressent contre lui et qui se demandent, l'œil mauvais, pourquoi il ne se lève pas comme tout le monde. Mais après une journée aussi harassante, il l'a bien méritée, cette place. Il est si fatigué. Il ne cédera pas à leurs regards insistants. Il ferme les yeux tandis que le train file déjà vers Hôtel-de-Ville et fait le vide dans sa tête.

Direction Bastille

Plongé dans une solitude apaisante, il perçoit les bribes d'une conversation qui vient de la banquette sur laquelle il s'appuie. Il sort de sa léthargie en entendant une jeune femme raconter d'une voix douce – qu'il trouve d'entrée sensuelle – que ses parents vont célébrer prochainement leurs noces de perle.

Moins distinctement, sans doute parce qu'il est de dos, la voix d'un jeune homme, amusé, lui parvient :

— Trente ans de mariage, c'est beau !

— Comment tu sais cela ? s'étonne-t-elle.

— Mes parents les ont fêtés il y a deux ans !

— Tu as quel âge ? se risque-t-elle.

— Vingt-cinq. Et toi ?

— Vingt-trois.

Il l'entend ajouter, sérieux et sur le ton de la confidence :

— Je crois, je suis même certain, qu'il a toujours été fidèle à ma mère. C'est le couple parfait : pas une seule entaille à leur contrat de mariage. Mon père est trop sérieux pour ça. Quant à maman, je suis sûr qu'elle n'y a même jamais songé.

— Mes parents sont pareils, se félicite la jeune femme. Ils étaient faits l'un pour l'autre.

— C'est beau, l'amour.

— Oui, c'est beau…

Elle parle de ces noces de perle qu'ils vont bientôt fêter à Tahiti, où son père offrira à sa femme un collier de perles noires.

— Incroyable, ment-il, ma mère en a un !

Curieux, le brigadier-chef profite de l'arrêt à Hôtel-de-Ville pour se retourner. Il fait mine de regarder vers l'avant comme s'il cherchait quelque chose mais c'est sur la fille que ses yeux se posent durant quelques secondes. Elle est si jolie et si fraîche, avec la naissance de ses seins découverte, offerte sans doute à l'appétit de son compagnon chanceux. De lui, avant de tourner la tête, il ne voit que les cheveux noirs et la veste grise. Il l'imagine beau garçon, car celui qui accompagne une aussi jolie femme ne peut être que séduisant. Il les envie presque, les imagine regagnant leur domicile main dans la main, échangeant des baisers amoureux. Il hésite même à se lever pour mieux les observer. Mais, à l'inverse de son voisin qui fait claquer son strapontin, il renonce, rien que par défi pour ceux qui, debout, s'entassent dans le wagon, le dévisagent et se retiennent de le traiter de « malotru ». Rien que pour les emmerder, il décide de rester assis alors qu'il lui serait si facile, et probablement plus confortable, de se lever, tant les gens s'agglutinent contre lui. Il se contente de tourner légèrement la tête pour mieux écouter ce que dit ce couple. La fille éclate de rire, sans doute après une plaisanterie du garçon. Il se dit qu'ils ont bien de la chance de se sentir ainsi seuls au monde.

Qu'a dit Vincent pour faire rire Stéphanie ? Rien de très amusant ; en fait, il lui a raconté comment il s'est emmêlé les pinceaux au moment de franchir le tourniquet à Sablons, comment il a raté de peu le métro précédent, comment il s'est senti idiot. Il lui a parlé de ce type barbu qui l'a dévisagé de ses yeux tout ronds. Avec une façon si naïve de raconter l'anecdote, il n'a pas fallu davantage pour la mettre en joie. Avant de conclure :

— Finalement, on a eu de la chance. Sans ça, nous ne nous serions jamais rencontrés. Je crois au hasard.

— Moi aussi !

— Ça donne du piment à la vie !

« Ta vie, elle n'en a plus pour longtemps », songe Vincent, tandis que sa main, enfouie dans la poche gauche de son pantalon, caresse le manche de sa lame.

Derrière lui, le policier n'a rien perdu de leur échange. Il a compris que les deux jeunes gens viennent de faire connaissance dans ce train. Il imagine la suite de cette idylle naissante et il se dit que la vie réserve parfois de belles surprises. Ce couple n'en est-il pas la meilleure preuve ? Lui qui vient de passer une journée éprouvante y trouve presque le réconfort dont il a tant besoin. Enfin, un vrai motif d'espoir dans le monde brutal qui est son quotidien. Aujourd'hui, il a dépassé les limites, il est allé très au-delà des forces et de la résistance dont il se sentait capable. Il se laisse emporter par la douce mélodie d'un amour naissant à quelques centimètres seulement de lui.

Alors que la rame entre à la station Saint-Paul, il est légitime de s'arrêter et de s'interroger. Pourquoi ce flic bien noté, d'ordinaire attentif aux moindres indices, ne fait-il jusqu'à présent aucun lien avec l'affaire du tueur qui, depuis des semaines, l'obsède du matin au soir au point qu'il en a perdu le sommeil. Avec ce psychopathe dont il garde la photo contre son cœur et dont il connaît dans le détail les méthodes tordues pour séduire ses proies avant de les égorger ? Il n'aura comme excuse que de se dire qu'il était trop crevé pour y penser. Mais aussi comment imaginer que celui qu'ils recherchaient était assis dans son dos ? Si proche. Le hasard ne pouvait pas être aussi cruel.

Un événement fortuit durant ces quelques minutes qui restent entre Saint-Paul et Bastille va-t-il enfin lui faire prendre la mesure de sa responsabilité ?

Et ainsi sauver Stéphanie.

Vincent poursuit, implacable, ses terrifiantes manœuvres de séduction. Cependant, il ignore qu'en cet instant précis, loin de là, à Clamart, Martin ne désarme pas. Stéphanie n'a pas répondu à ses appels ni à son texto. Il se sent penaud, presque fautif, de ne pas être allé la récupérer à la Défense. Il s'est habillé à la hâte, a enfourché son scooter : un puissant Tmax de 250 centimètres cubes garé devant l'immeuble et, avant de démarrer, il envoie un nouveau texto : « Mon amour, je viens te chercher. Attends-moi à la sortie du métro. Je suis là dans moins d'un quart d'heure. » Il démarre, commence à rouler, s'arrête, prend son portable, retire ses gants et écrit : « J'ai envie de te serrer dans mes bras. Je t'aime. »

Une poignée de secondes plus tard, alors que la rame s'immobilise, Stéphanie entend vibrer son téléphone. Elle s'en saisit dans un réflexe. Elle dit :

— Je dois répondre.

Vincent lit à l'envers le nom de Martin qui s'inscrit. Il la voit tapoter nerveusement puis, au lieu de le remettre dans son sac, elle conserve son portable à la main, les yeux rivés sur l'écran.

Elle chuchote, comme si elle ne voulait pas froisser le jeune homme qui lui fait face :

— C'est mon copain.

Vincent ne s'est pas trompé : ce Martin qui s'entête sur le portable de Stéphanie est bien son petit ami. Les sens en éveil, il se retient d'en demander davantage mais son regard insistant vaut toutes les interrogations. Alors elle murmure :

— Il veut venir m'attendre à la sortie du métro.

— Tourelle ?

— Oui… murmure-t-elle.

— Il habite dans le coin ? demande Vincent d'un ton qu'il veut dégagé alors qu'il sent son plan se lézarder.

— Non, il vient de Clamart. C'est là qu'il habite.

Elle évite de préciser qu'ils y vivent ensemble désormais. Elle ajoute, comme à regret :

— Il arrive en scooter. Têtu comme il est, il sera là.

Vincent dissimule sa déception, se demande s'il ne perd pas son temps avec cette fille. Il envisage de la planter là. Il n'a plus envie de continuer à jouer au séducteur avec cette conne et il trouvera bien un prétexte pour s'esquiver lors d'un prochain arrêt. Sa décision est prise : il va abandonner. Mais, dans l'état où il est, il devra se trouver une autre proie. Impossible, ce soir, de rentrer bredouille.

— Je lui ai dit de ne pas venir, intervient-elle, sans préciser qu'elle a écrit « JE T'AIME, moi aussi ».

— Pourquoi tu ne veux pas qu'il vienne te chercher ? glisse-t-il, l'air de rien.

— Il habite trop loin et je n'ai pas envie de me farcir la route en pleine nuit en scooter. Surtout avec cette pluie. Je suis trop fatiguée et je préfère passer la nuit chez mes parents. J'espère qu'il changera d'avis. Mais c'est un entêté !

— Il est très amoureux ! lance Vincent qui se force à sourire.

— Sûrement... Pour faire autant de chemin ! sourit-elle à son tour.

Vincent évite de lui demander si elle aussi est très amoureuse. Elle répondrait probablement que oui. Que pourrait-elle dire d'autre que cette « affligeante banalité » ? pense-t-il. Il sent pourtant que la jeune fille aimerait que Martin ne vienne pas gâcher le moment qu'elle passe en compagnie de cet inconnu qu'elle a rencontré par hasard et qui enchante son retour.

Mais cela ne changerait rien à la détermination de Vincent d'en rester là. Le risque est trop grand et ce connard de copain est capable d'être là. À quoi bon perdre son temps avec cette salope qui s'est bien foutue de sa gueule ? Il enrage mais n'y peut rien. Il est sur le point de dire qu'il descend à Nation lorsque, dans un mouvement gracieux, elle découvre une bretelle nacrée de son soutien-gorge. Surtout, elle lui offre son cou. Ce cou qu'il trouve si fin, si gracieux. Il n'en faut pas plus pour qu'il change d'avis.

Il calcule le temps en métro jusqu'à Saint-Mandé (à une minute trente entre deux stations et quarante secondes pour sortir : une dizaine de minutes) et celui qu'il faudra à ce type pour venir de Clamart (un bon quart d'heure, au mieux). Avec ce temps pourri, il doit être prudent, se rassure-t-il.

Alors, sans réfléchir, de manière aussi insensée que lorsqu'il était revenu sur ses pas pour retrouver Caroline, la fille du Marais, il décide de continuer l'aventure. Mieux : le risque l'excite et cette fille, il la lui faut. Il fait confiance à son sens de l'improvisation : il saura trouver le moyen de la garder pour lui tout seul.

Le brigadier-chef Jean-Marc Charland a tout entendu. « Voilà une histoire d'amour à peine entamée qui finit mal », se dit-il. Il en plaindrait presque le jeune homme et même la jeune fille. Il n'est pas un expert en psychologie (ce que lui reproche fréquemment son patron) mais il avait deviné que quelque chose de fort était en train de naître entre eux. Cette complicité, ce plaisir simple d'être ensemble, il l'a compris. « Un coup de foudre », voilà comment il voit ce qui s'est passé entre les deux jeunes gens assis derrière lui. De la même façon, rien qu'en entendant sa voix, il a senti que la fille n'est pas accro à son copain. Il a fallu que ce con en scooter vienne tout gâcher !

Tandis que la rame quitte Saint-Paul, il ne veut rien rater de la suite. Il résiste à ceux qui s'écrasent avec insistance contre ses genoux. S'il se levait, il perdrait le fil de leur conversation. Il entend le garçon dire, sur le ton de la confidence :

— Moi aussi, j'ai – ou plutôt j'avais – une copine.

— J'avais... ? Pourquoi parles-tu au passé ?

— Nous nous sommes séparés il y a une quinzaine de jours.

— Vous étiez ensemble depuis longtemps ?

— Depuis plus d'un an, ment-il.

— Vous vous êtes quittés pour toujours ? C'est vraiment fini ?

Charland l'entend répondre d'un ton las :

— Oui, je crois...

— Tu crois ? Rien n'est définitif dans la vie, Pierre, tente-t-elle, plus amicale que jamais.

Le brigadier-chef ne saisit pas qu'en prononçant ces mots, c'est à elle qu'elle songe.

En revanche, Vincent l'a compris. Ce Martin ne sera pas l'homme de sa vie.

— Nous n'étions pas faits l'un pour l'autre. Il nous a fallu un an pour le comprendre. Alors, oui, c'est terminé avec elle. C'est mieux ainsi : dans la vie, il faut savoir se quitter avant de réaliser que c'est trop tard.

Il la rassure :

— Notre rupture s'est bien passée… d'un commun accord et sans une larme. Il ne m'en restera que de bons souvenirs. C'est l'essentiel, non ?

Il a parlé d'une voix douce, amicale, sachant que ses mots feraient mouche.

Rien n'aurait fait plus plaisir en cet instant à Stéphanie que l'aveu de son compagnon de voyage. Elle demande :

— Elle s'appelait comment ?

— Caroline, lâche-t-il comme un défi.

— C'est un joli prénom…

Charland a tout entendu.

Alors, pourquoi, tandis que Bastille n'est plus qu'à quelques secondes, n'a-t-il pas réagi à la seule évocation de ce prénom, le même que celui de la jeune femme retrouvée égorgée il y a dix jours dans son studio du Marais ? Plus tard, les choses lui apparaîtront comme une évidence. Mais, pour l'instant, il est seulement attentif au dialogue des deux amoureux du métro si près de lui. Et, si cela ne tenait qu'à lui, s'il n'y avait pas sa femme qui l'attend et lui reprocherait son retard, il les aurait suivis. Rien que poussé par la curiosité de savoir comment leur histoire allait se terminer. Savoir si le petit ami serait là. Et comment réagiraient-ils, tous ?

Le métro entre maintenant à la station Bastille, là où il doit descendre. Il va les abandonner et il se désole à l'idée de ne jamais connaître la fin de leur histoire. Car il en est certain, cette histoire aura une suite. C'est impossible autrement.

Dans le tunnel avant Bastille

Au même moment, à l'arrêt à l'entrée du périphérique de la porte de Vanves, Martin consulte son portable. Peu importe s'il découvre que sa Stéph lui a demandé de ne pas venir. Le principal est ailleurs, dans ce « JE T'AIME », écrit en lettres majuscules. C'est plein de rage, avec l'envie de pousser à fond son Tmax, qu'il s'engage sur le périphérique. Il sait où se planquent les radars et son puissant scooter peut monter jusqu'à cent quarante. La pluie qui inonde le pare-brise et brouille sa vision, il s'en moque. Seule compte l'envie de la voir. Cependant, à peine est-il engagé dans la rampe d'accès qu'aussitôt il se reproche son manque de vigilance : le panneau lumineux indique un accident de la circulation à un kilomètre. En fait d'accident, un simple accrochage à hauteur de la porte d'Orléans, là où le périphérique passe de trois à deux voies. Il s'est produit vingt minutes plus tôt. Le chauffeur d'une Honda blanche, surpris par la sonnerie de son portable, a fait un léger écart sur sa gauche en voulant attraper l'appareil. On passera sur les raisons qui ont poussé sa femme à l'appeler à cet instant-là, pourquoi Charles Hourcade rentrait chez lui aux Lilas à cette heure tardive, ni par quel mauvais hasard une Audi A3 noire toute neuve roulait juste à sa droite, exactement à la même vitesse. Toujours est-il que la Honda a frôlé l'Audi. Une éraflure qui aurait pu se régler entre les deux conducteurs par un banal constat en sortant à la porte de Gentilly. La voie aurait été libre et Martin aurait pu pousser son Tmax. Mais Jean-François Perrot, le propriétaire de l'Audi, n'est pas le genre de conducteur dont on esquinte la voiture, particulièrement quand elle est toute neuve. Par-dessus tout, Perrot est un homme très méfiant. On lui a déjà fait le coup trois ans plus tôt. C'était sur l'autoroute du Sud vers Tournus. Il y avait eu un ralentissement et un mec l'avait heurté par l'arrière. Rien de bien grave et il avait montré la sortie suivante. Mais le type avait filé et il s'était retrouvé comme un con au péage sans même avoir eu le temps de relever le numéro de ce fumier. Ce soir, en une fraction de seconde, son épouse Geneviève lui a rappelé cet épisode qui lui avait gâché les vacances (« Tu ne vas pas te faire avoir encore une fois », avait-elle lancé). Voilà pourquoi, au lieu de sortir, il a fait signe au mec de la Honda de s'arrêter sur la bande d'arrêt d'urgence et comment, en quelques minutes seulement, il a bloqué ce tronçon du périphérique, celui où Martin comptait rattraper son retard.

Sur les trois voies, les véhicules avancent au ralenti. Impossible de faire marche arrière et il se demande s'il ne serait pas plus judicieux de sortir à la porte de Châtillon et de rejoindre Saint-Mandé par les Maréchaux. Après un instant d'hésitation, il choisit de rester sur le périph. Il se glisse dans la longue file des deux-roues qui parvient à progresser entre les voitures à l'arrêt. Mais il roule à moins de cinquante kilomètres à l'heure. À cette vitesse, il va perdre de précieuses minutes et Stéph n'aura peut-être pas la patience de l'attendre, surtout avec cette petite pluie. Tant pis, il la rejoindra directement chez ses parents. Pas question de reculer, Martin est un garçon obstiné.

Bref, à l'instant précis où la rame approche de Bastille, les chances que le fiancé de Stéphanie arrive à temps pour la sauver s'amenuisent cruellement.

Cependant, tout espoir n'est pas perdu car deux autres événements peuvent encore la faire échapper au sort funeste qui l'attend. Le premier a pour visage une femme de trente-cinq ans, qui en paraît une bonne dizaine de plus. Elle s'ap-

pelle Valérie. Elle sort de L'Hippocampe, un bistrot de Saint-Maur où, avec Gérard et Jean, elle a fêté l'anniversaire de Marina. En guise d'anniversaire, elle a surtout pris une bonne cuite. Elle monte dans sa Mini, direction Paris XIXe, en coupant par la banlieue, comme le lui indique bêtement son GPS.

Si cette femme ivre, qui prend le volant, nous intéresse, c'est parce que quinze minutes et vingt-deux secondes plus tard elle roulera à vitesse excessive sur l'avenue du Général-de-Gaulle à Saint-Mandé, à l'instant précis où Vincent et Stéphanie seront censés traverser. Alors, dans l'état d'ébriété avancé qui est le sien, peut-être renversera-t-elle le couple qu'elle n'aura pas vu à cause de la pluie fine qui recouvrira son pare-brise sans qu'elle songe à faire fonctionner les essuie-glaces. Si les choses se passent ainsi, elle n'évitera pas à Stéphanie un séjour à l'hôpital, mais elle lui aura sauvé la vie.

Reconnaissons-le, il faudrait la conjugaison de beaucoup (trop) de hasards pour que les choses se déroulent ainsi. Il peut se passer tant de choses en quinze minutes et vingt-deux secondes... Cependant, à ce stade du récit, faisons confiance aux effets du pastis sur les réflexes de Valérie.

L'autre événement qui pourra avoir une influence positive est moins hasardeux. Même plutôt logique. Alexandre Dujardin, le père de Stéphanie, suit le match PSG-Lorient sur Canal.

Ce n'est pas tant parce qu'il aime le foot au point de regarder la télé, mais plutôt parce qu'il ne supporte pas, déteste, la morgue parisienne. Alors il regarde le match dans l'espoir que le PSG prenne une raclée. Aussi lorsqu'un Parisien marque le troisième but après que les Lorientais venaient de réduire le score, laissant entrevoir une issue humiliante pour les Parisiens au Parc, il sait que ce n'est pas ce soir qu'il aura le plaisir de les voir perdre. Il éteint le poste et, sans en informer sa femme partie se coucher, il décide de sortir leur vieux labrador noir, Boubou (c'est Stéphanie qui a choisi ce prénom ridicule). Il marchera jusqu'au métro et, avec un peu de chance, il tombera sur sa fille. Histoire de lui réserver la surprise, il ne la prévient pas par texto.

Il n'aime pas la savoir seule dans les rues désertes. Il est même décidé à l'attendre, s'il le faut. Si ces foutus Lorientais n'avaient pas encaissé un but stupide, il aurait probablement patienté jusqu'à la fin du match dans l'espoir d'un hypothétique miracle.

À quelques kilomètres, le métro ralentit dans le long virage qui précède la station et s'immobilise enfin sur le quai de Bastille. C'est là que descend le brigadier-chef Jean-Marc Charland. Tandis qu'il se lève, libérant cet espace qu'il a défendu bec et ongles jusqu'ici, les crissements de la rame l'empêchent de saisir avec précision ce que se disent les deux tourtereaux. Il croit comprendre que le garçon vient de donner son numéro de portable à la fille. Ne l'entend-il pas répéter « 87 » comme si elle vérifiait les chiffres que vient de lui dicter son compagnon de voyage ? Il laisse sortir les autres passagers juste pour vérifier qu'à son tour elle va livrer le sien. Effectivement, il l'entend dire « 06 18 82 », avant que la suite se perde dans le brouhaha du wagon qui se remplit. La malchance lui a fait rater les quatre derniers numéros car sa mémoire ne lui aurait pas fait défaut. Il réussit à s'extirper, en bousculant une femme en train de s'emparer de sa place vacante. Le temps de s'excuser et les portes se referment. Il sourit bien malgré lui en songeant au fiancé de la jeune femme, future victime probable de ce « coup de foudre » si puissant dont il a été le témoin involontaire et attentif. Bêtement attendri.

Station Bastille

La rame reste à quai. Le conducteur semble attendre un signal pour quitter la station. Par pure curiosité, au lieu de partir vers la droite, où se situe sa sortie, Charland fait trois pas sur sa gauche, au plus près de la vitre. Il voit le fin et gracieux visage de la jeune fille, ses cheveux blonds, aperçoit son appétissant décolleté, son cou orné d'une fine chaînette. Il se dit que ce garçon a décidément bien de la chance. Elle semble vraiment heureuse et il se demande ce qu'il a bien pu lui dire pour qu'elle se mette à nouveau à rire. Enfin il le regarde, lui, de profil, comme s'il avait gardé ce plaisir pour la fin, tandis que le train démarre enfin. Lentement.

Allez savoir pourquoi (peut-être à cause de l'extrême prudence qui lui a permis de ne pas être repéré jusque-là), Vincent se sent observé. Il tourne la tête et offre ainsi son beau visage au brigadier-chef, immobile à moins de quarante centimètres de lui.

Il faut moins d'une seconde à Jean-Marc Charland pour reconnaître celui qui lui fait face. C'est l'homme qu'il recherche depuis des mois, le prédateur qui séduit ses proies avant de les égorger. Celui dont il garde la photo dans la poche de sa veste.

Il perd de précieuses secondes (deux, peut-être) avant de réagir tant la coïncidence lui semble incroyable. Le train prend de la vitesse. Dans un réflexe quasi désespéré, Charland court sur le quai. Il crie à l'adresse du conducteur : « Arrêtez ce train ! » En vain. Il écarte du bras un passager qui lui barre la route et poursuit sa course éperdue. Il rattrape le wagon où se trouvent Vincent et Stéphanie, à l'instant où il va disparaître dans le tunnel. Dans un ultime effort, il tape de toutes ses forces sur la vitre qui le sépare du couple. Il se met à hurler, dans l'espoir que la fille l'entende : « C'est un assassin ! Fuyez ! »

À l'intérieur, Stéphanie, la première, a vu un homme courir vers eux. Elle est effrayée. Il a les yeux exorbités. Il semble en proie à la panique.

— Regarde derrière toi, a-t-elle lancé à Vincent. Il y a un type qui veut rattraper notre métro.

— Où ?

— Sur le quai !

Elle s'inquiète tant le comportement de cet homme aux traits fatigués et aux vêtements froissés est inattendu et étrange. Elle lance, crie presque :

— C'est un fou ! Il va se jeter sous la rame.

— Mais non, mais non, balbutie Vincent, qui vient de comprendre.

Pour une raison qu'il ne s'explique pas, l'homme a cherché à prévenir Stéphanie. Qui est-ce ? Les flics ne peuvent pas être à ses trousses, tant il est sûr de n'avoir commis aucune erreur. Quelque chose lui dit que l'homme l'a reconnu quand il a croisé son regard et que c'est dans l'espoir d'avertir Stéphanie du danger qu'il s'est ensuite précipité.

Silencieux, comme fascinés, ils l'ont vu taper du poing sur la vitre des portes de sécurité qui les séparent du métro, crier des mots prononcés trop tard.

— Qu'est-ce qu'il a dit ? Tu as entendu quelque chose ?

— Non, rien, ment Vincent.

Il a clairement perçu le mot « assassin ».

Elle tremble.

— Il m'a fait peur, murmure-t-elle.

Il prend ses mains, profite de leur douceur.

— Ce n'est rien, Stéphanie.

— Mais tu as vu comment il me regardait ? J'ai eu l'impression qu'il voulait me dire quelque chose.

— Tu l'as déjà vu ?

— Non, non, jamais. C'est justement ça qui m'effraie.

Vincent prend sur lui pour dissimuler son trouble, sa propre inquiétude. Amical, sur le ton de celui qui traite l'incident avec sérieux, il dit :

— Réfléchissons un instant. Pour moi, il y a deux hypothèses : soit c'est une vieille connaissance que tu as oubliée, qui t'a reconnue et a voulu reprendre contact avec toi. Soit c'est un taré.

La dame au sac Auchan qui, comme d'autres passagers dans le wagon, a assisté à la scène intervient :

— C'était juste un dingue, comme il y en a des dizaines dans le métro, mademoiselle. Oubliez-le.

Le jeune garçon à la droite de Stéphanie approuve d'un hochement de tête. Petit à petit, l'incident qui a ému tous ceux qui les entourent s'estompe. Chacun retourne à sa solitude.

Vincent sourit à la femme :

— Moi je penche plutôt pour la première hypothèse. Mais la dame a peut-être raison, Stéphanie. De toute façon, c'est fini maintenant.

Vincent fait mine de se retourner vers le fond du wagon et ajoute, un sourire apaisant sur les lèvres :

— Je le vois courir dans le tunnel, il va nous rattraper !

Elle plaisante à son tour :

— Qu'est-ce qu'il court vite. C'est Superman !

Vincent serre ses mains dans les siennes, les caresse du pouce. Elle se laisse faire. Ils restent ainsi, silencieux, proches comme jamais jusqu'à Gare-de-Lyon. C'est là qu'il panique vraiment. « Et si c'était un flic ? Ils vont bloquer le train et je vais me faire pincer. » Il jette des regards inquiets sur le quai, prêt à fuir au moindre mouvement suspect. Il transpire. Elle s'aperçoit de son trouble.

— Qu'est-ce qui t'arrive, Pierre ? demande-t-elle.

« Pierre ? » répète-t-il, avant de se rappeler que c'est le prénom qu'il s'est inventé.

— Ce type m'a foutu la trouille, murmure-t-il. Il faudrait peut-être avertir quelqu'un ?

— Ah, tu vois, à toi aussi il a fait peur !

— Je n'aime pas les dingues, glisse-t-il.

Mais déjà la rame s'ébranle. Alors, elle approche sa main du visage de Vincent. Elle le caresse jusqu'à la commissure de ses lèvres.

— Je suis là, Pierre, chuchote-t-elle.

Puis, comme si les mots échappaient à son contrôle, elle ajoute, la main posée sur son menton :

— Je suis bien avec toi.

— Moi aussi.

Ce n'est pas à cause de ce geste, de la douceur apaisante de sa main, de ces mots, ni de la candeur touchante de la jeune femme que tout ce qu'il vient d'échafauder vient de s'évanouir : fuir, s'échapper du métro devenu un piège, abandonner sa proie. Non, ce qui l'a fait changer d'avis et décidé à continuer à tout prix, quels que soient les risques, c'est de sentir l'odeur légèrement ambrée de son cou tout proche combiné au contact de sa lame contre sa cuisse gauche. « Ce soir, se convainc-t-il, je ne risque rien, cette fille est pour moi. »

Un sentiment de puissance s'empare de tout son être.

Cette nuit, il sera invincible.

Station Reuilly-Diderot

C'est maintenant, tandis que le train s'éloigne à pleine vitesse vers Reuilly-Diderot, que Stéphanie se rend à l'évidence. Ce jeune homme fragile derrière sa carapace lui plaît. Elle tente de se raisonner : « Je ne vais quand même pas tomber aussi vite amoureuse d'un garçon rencontré par hasard. » Mais ses lèvres paraissent si douces, son aspect si rassurant. Et il est tellement beau, tellement attirant. Les adjectifs manquent pour exprimer ce qu'elle ressent. Alors, au lieu de repousser cette idée, elle se laisse emporter. Elle pense à son père et à ses certitudes : rien n'arrive par hasard. « C'est peut-être mon destin », songe-t-elle. Puis, mue par une envie irrépressible, elle pose ses lèvres sur le coin de sa joue, et savoure le délicieux picotement de sa barbe de trois jours. Délicatement. Durant une fraction de seconde, elle oublie Martin qui, au même moment, en dépit de la pluie qui redouble, zigzague à pleine vitesse entre les voitures.

— Je crois que tu me plais, finit-elle par dire en se détachant de lui, sans le quitter des yeux.

Il n'a rien à ajouter. S'il sourit, c'est parce qu'il se rend compte que la partie est gagnée. Il se contente de garder la main de la jeune femme dans la sienne. Silencieux et heureux.

La femme au sac Auchan les a quittés à Reuilly. Le jeune garçon est parti s'asseoir plus loin. Désormais, ils sont seuls, face à face.

Il contemple sa proie.

Le brigadier-chef Charland ignore si la jeune femme a saisi son message. S'il a réussi à alerter les autres passagers. Il est certain d'une chose : sa vaine tentative n'a pas pu échapper au tueur. « Il doit être mort de trouille. À sa place, j'abandonnerais », se dit-il. Il se raccroche à l'espoir qu'il a sauvé la jolie jeune femme de son prédateur. Ce n'est que plus tard qu'il se reprochera sa naïveté. Comment a-t-il pu croire à un coup de foudre naissant ? Comment s'est-il laissé berner par sa curiosité stupide ? Il avait bossé toute la journée sur le tueur, sur ses façons de procéder pour séduire ses proies. Et en avait été le témoin complice, sans imaginer un seul instant que cela puisse être lui. Il se traite de sombre con.

Maintenant que le train a disparu dans le tunnel, il doit agir, et vite. L'homme qu'il traque s'éloigne. Peut-être ne l'aura-t-il pas ce soir, mais il sauvera la fille.

Tandis qu'il gravit les marches deux par deux, presque en courant, il s'empare de son téléphone, vérifie le réseau et compose le numéro de Pelletier. Enfermé aux chiottes, ou même en train de niquer, son patron répond toujours. Pourtant, c'est sa messagerie qu'il entend sans qu'ait retenti la moindre sonnerie. « Putain, il est en ligne ! »

Il appelle la brigade. Ce n'est qu'à la cinquième sonnerie que quelqu'un décroche, enfin.

Hors d'haleine, il hurle :

— Passe-moi Pelletier !

— Qu'est-ce que vous lui voulez ? demande une voix qui ne l'a pas reconnu.

— C'est Charland, bordel de merde, il faut que je parle au patron tout de suite !

Au ton du brigadier-chef, le flic qui a répondu, un certain Fabrice Clément, surnommé Ibra à cause de sa passion déraisonnable pour le PSG (il s'est même laissé pousser les cheveux et une barbichette ridicule), a perçu l'extrême urgence de l'appel de son collègue.

— Le patron vient de quitter le 36. Je l'appelle sur son portable.

— Pas la peine, je suis tombé sur sa messagerie. Magne-toi le cul, j'ai besoin de tout le monde. Tout de suite !

Il crie sans se préoccuper des gens autour de lui :

— Rassemble tous les gars qui sont là et même ceux qui se sont tirés chez eux. Préviens Guarido !

— Il faut vraiment que je les appelle tous ? se risque Ibra, bien peinard jusque-là à écouter la radio, tout heureux que son club de cœur ait marqué un quatrième but, entaché d'un hors-jeu que l'arbitre n'a pas vu.

La chance est avec les siens.

S'il n'y avait urgence, Charland lui serait entré dans le lard. Il ne s'accorde pas ce plaisir, la moindre seconde perdue peut être fatale. C'est avec calme et fermeté qu'il poursuit :

— Dis-leur que j'ai repéré notre gars dans le métro et qu'il faut agir vite.

Sur son écran vient d'apparaître en double appel le nom de Pelletier. Dans sa précipitation, au lieu de commuter, il appuie sur la mauvaise touche et coupe l'appel du patron. Encore de précieuses secondes de perdues… Lorsqu'il compose le numéro du divisionnaire, il retombe sur sa messagerie. « Calme-toi », s'ordonne-t-il, tout en se dirigeant vers le guichet où un agent de la RATP s'applique dans un anglais pitoyable à renseigner un couple de touristes sud-américains. Il les bouscule, ignore leurs protestations et pose d'autorité sa carte de flic sur la vitre.

— Ouvrez-moi ! ordonne-t-il.

Charland s'attendait à tomber sur un con, de ceux qui jouent au plus malin, capable de lui dire d'attendre son tour. Qu'une carte de flic ne l'impressionne pas. Mais le brigadier-chef a de la chance car le type abandonne aussitôt les touristes et se précipite vers la porte de son guichet. À l'instant où il l'ouvre, il voit le policier reculer de trois pas pour répondre au téléphone. Il l'entend clairement dire, explosant presque :

— Patron, j'ai vu notre gars dans le métro, il faut se dépêcher.

Il voit l'homme déglutir, serrer le poing, reprendre son calme et expliquer :

— Je l'ai parfaitement reconnu en descendant à Bastille. C'est lui, j'en suis certain. Il discutait avec une fille assise en face de lui. Mais les portes étaient déjà refermées. Je n'ai rien pu faire. Le métro a filé avec notre mec à bord.

— T'es sûr de toi ? insiste Pelletier.

— Oui, patron, c'est lui, confirme Charland, lui et la fille remontent vers Vincennes.

Il ajoute, omettant de préciser qu'il était assis juste derrière lui :

— La fille est sa prochaine victime. Ça aussi, j'en suis sûr.

Pelletier lâche un « Putain ! » si puissant que Christian Cabrera, l'agent de la RATP, l'entend distinctement.

— À quoi ressemble la gonzesse ? demande Pelletier.

Charland donne le maximum de précisions. Ses cheveux blonds coupés mi-longs, sa taille moyenne et sa silhouette mince, son tailleur bleu ciel, son chemisier blanc.

— Comme un uniforme d'hôtesse, indique-t-il.

Il ajoute :

— Elle est très jolie.

Puis, comme s'il voulait convaincre son patron à tout prix :

— Aussi belle que les autres.

— Il faut faire bloquer le train, lâche le chef de la PJ. Occupe-t'en en priorité ! Il ne nous reste que quelques minutes. De mon côté, je lance un appel à tous les commissariats du coin et je préviens le centre de surveillance de la RATP. Avec du pot, on les verra s'ils descendent.

Alors qu'ils raccrochent, tous deux pensent la même chose : pourvu qu'ils ne soient pas déjà descendus ou qu'ils n'aient pas changé de ligne. Là, ils seraient, et surtout la fille, vraiment dans la merde.

Cabrera, un Antillais de quarante-sept ans et agent à la RATP depuis vingt-cinq ans, perçoit l'urgence de la situation. Il laisse la porte entrouverte et se précipite à sa place. Si extraordinaire que cela puisse paraître, il a immédiatement compris de quelle affaire il s'agit : celle de ce tueur en série qui tranche la gorge de toutes ces filles auquel *Le Parisien* du jour consacre un long article. Entre deux clients, il a eu le temps de le parcourir. Le journal est toujours ouvert sur son guichet en page douze avec ce titre qui, ce matin, a mis Pelletier en fureur : « Peur sur la ville ». Les affaires criminelles le passionnent et celle-là en particulier. Dans ses moments d'ennui, il rêve d'une autre vie : celle où il aurait été flic. L'arrivée de Charland ne pouvait pas mieux tomber.

Alors que celui-ci pénètre dans la guérite, Cabrera annonce :

— La rame vient d'arriver à Nation.

— On peut la bloquer ? réagit le brigadier-chef, sans s'étonner de la réaction de l'agent de la RATP.

— Je vois ce que je peux faire, se contente de répondre l'Antillais, indifférent aux touristes éberlués qui s'impatientent de l'autre côté de l'hygiaphone.

Charland le voit saisir son téléphone de service.

— J'appelle les collègues à Nation, indique-t-il.

Station Nation

Trois stations plus loin, dans le wagon de tête qui se vide d'un coup, un couple d'amoureux savoure cet instant où on se sent seul au monde.

— On respire enfin, Pierre, murmure la jeune femme au jeune homme qui acquiesce de toutes ses dents parfaitement blanches.

Il se retourne, compte, « encore cinq personnes de trop dans le wagon », et plaisante comme il sait si bien le faire :

— On respirera mieux quand nous serons vraiment seuls… Il faut les virer !

Stéphanie répond par un sourire, puis par une pression appuyée sur les mains de celui qu'elle appelle par ce prénom qui n'est pas le sien. Elle ne s'étonne plus de se sentir aussi heureuse auprès de cet inconnu. Non, elle entend seulement profiter de ces instants de bonheur tranquille, consciente que sa vie est en train de basculer et qu'elle ne fera rien pour aller contre. Elle n'est pas inquiète et ne regrette pas d'avoir dit : « Tu me plais. » N'est-ce pas la vérité ?

Elle songe à Martin qui va l'attendre à la station. Plus que deux arrêts. S'il y en a un qu'elle ne veut pas voir ce soir, c'est bien lui. Comment lui échapper ?

— Sortons, dit-elle d'un coup. J'ai envie de marcher. Viens, Pierre !

— Je croyais que tu étais fatiguée… murmure-t-il.

— Plus maintenant.

Sa réponse n'est que l'expression de son envie d'être seule avec lui.

Stéphanie perturbe ses plans, comme le lui rappelle avec une froide insistance la lame glacée du couteau contre sa cuisse. Il sait ce qu'elle voudra, comme les autres filles : l'entraîner boire un verre dans l'un des nombreux cafés de la place et chercher à l'embrasser. Il devra se laisser faire, voire simuler du désir. Alors qu'il n'éprouve rien pour cette garce, sauf le besoin impérieux de la massacrer. Comment fera-t-il pour dénicher un endroit discret dans un coin aussi animé que la Nation ? Comment fera-t-il pour la pousser sous un porche, la prendre par la taille sans attirer l'attention ? Tout serait tellement plus aisé dans les rues désertes autour de Saint-Mandé. Il est toujours décidé à l'accompagner jusque-là, à deux stations seulement. Quels que soient les risques.

Après tout, quatre minutes au maximum les séparent du but.

Va-t-il réussir dans sa tentative ? Tandis que le train s'arrête à Nation, il ignore que le fiancé de Stéphanie roule à pleine vitesse sur le périphérique après avoir enfin dépassé le lieu de l'accident qui bloquait la circulation. Elle est fluide désormais et si rien ne le gêne à nouveau, il devrait arriver à temps. Vincent ignore aussi que le père de Stéphanie sort de chez lui, imposant à son chien de le suivre. Boubou résiste à l'insistance de son maître. Ce chien déteste la pluie. Vincent ignore surtout qu'au même moment un dénommé Cabrera met tout en œuvre pour immobiliser son train. Avec une obstination qui stupéfie Charland, l'agent de la RATP a réussi à contacter ses collègues de Nation. Ils ont tardé à répondre, mais dès qu'ils l'ont fait, leur réaction a été immédiate. L'un d'eux a foncé sur le quai, un autre a scruté les caméras de surveillance pour voir si le couple ressemblant à celui qu'on leur a décrit quittait la station, tandis qu'un troisième a tout fait pour prévenir par radio le conducteur qu'il fallait qu'il reste à quai et bloque les portes de son train.

Elle se lève, force presque son compagnon à faire de même. Il la suit jusqu'à la porte, déjà refermée. Elle tente d'en forcer l'ouverture. Mais la rame démarre, laissant les quais de Nation derrière eux.

— Pas de chance, sourit-il.

— Nous descendrons à la prochaine, proclame-t-elle.

— Pourquoi ne pas attendre Saint-Mandé ?

— C'est trop près, lâche-t-elle, se rappelant ce fiancé qui l'y attend probablement. Et puis…

— Et puis ? feint-il de s'étonner.

— Je n'ai pas envie que nous nous séparions trop vite, finit-elle par avouer, les yeux baissés mais serrant les mains du jeune homme avec une insistance qui en dit long.

— Je t'accompagnerai jusqu'à chez toi, promet-il. Moi aussi, j'ai envie de rester avec toi.

— Qu'est-ce qu'il nous arrive ?

— C'est notre jour de chance !

— Tu crois au hasard ? demande-t-elle.

— Ce soir, oui… Plus que jamais.

— Quittons ce train, insiste-t-elle.

— Il pleut. Nous descendrons à Saint-Mandé.

— Si tu veux… Mais mon copain risque de m'attendre.

— Nous nous cacherons !

Elle rit de bon cœur.

— J'ai un petit parapluie dans mon sac ! annonce-t-elle, posant la main sur le manche qui dépasse.

— *Un p'tit coin de parapluie pour un coin de paradis*, réplique-t-il.

Elle s'inquiète soudain :

— Et ton rendez-vous avec tes amis ?

— Je m'en moque.

— Ah, je préfère ça !

Elle n'en espérait pas tant. Dans un élan, elle pose, comme tout à l'heure, sa main sur la joue de Vincent. Elle caresse sa barbe naissante.

— Il y a du monde ! dit-il dans l'espoir d'échapper à cette caresse.

Le doux contact de cette main devrait l'enchanter. Bien au contraire : il n'a jamais aimé sentir des doigts se promener sur son visage. Cela lui rappelle sa mère, qui, après avoir proféré des insanités sur son « salaud de père », essuyait de sa main les larmes qui coulaient sur ses joues, avant de les pincer ensuite si fort que la marque restait des jours et virait au bleu.

— Je ne vois personne !

À son tour, il caresse les cheveux blonds de Stéphanie et glisse derrière l'oreille jusqu'à la naissance du cou. En silence, de l'index, il en suit le délicat tracé jusqu'à l'épaule. Elle ferme les yeux, s'abandonne à cette fulgurante intimité, qu'il interrompt en disant :

— Allons nous asseoir à l'avant. Regarde, quelqu'un a pris notre place.

— Il n'y a personne !

— Nous serons encore plus tranquilles.

Il la lâche et se dirige d'autorité jusqu'aux strapontins contre la cabine du conducteur. Alors qu'il s'assoit, juste derrière la fine cloison, il l'entend distinctement dire d'une voix forte :

— D'accord, les gars, j'immobilise mon train à Porte-de-Vincennes.

Puis demander après un instant de silence :

— Qu'est-ce que je dois faire si votre type est toujours là ?

La radio grésille. Mais la réponse semble satisfaire le conducteur.

— Je préfère ça, annonce-t-il. J'ai pas trop envie de jouer aux héros…

Le brigadier-chef Charland lui a conseillé de ne rien tenter et d'attendre l'arrivée de la police. Puis, comme il en a reçu la consigne, le conducteur ralentit au mieux la vitesse de son train.

Stéphanie s'assoit enfin. Elle attire la main du garçon et y dépose un baiser.

— Je ne sais pas ce qui m'arrive, Pierre, murmure-t-elle.

« Pierre… » Pourquoi a-t-il choisi ce prénom à la con ? C'est la seule pensée qui traverse la tête du psychopathe à cet instant précis.

En entendant le conducteur, et en notant que la rame a étrangement ralenti sa vitesse, Vincent prend conscience du piège qui se met en place. Il revoit l'homme qui a cherché à intervenir à Bastille. Il est certain maintenant que c'était un flic. Ce qu'il ne comprend pas, en revanche, c'est comment il l'a reconnu. Il se souvient brusquement de cette voisine qu'il a croisée devant l'immeuble de la fille brune. Comment s'appelait-elle déjà ? Ah, oui, Sophie... Cette conne a dû être interrogée et ils ont sans doute pu dresser un portrait-robot. C'est cette salope qui l'a trahi ! Il se promet de lui faire payer. Elle n'est pas son genre, mais il se la fera. Cette seule pensée suffit à lui faire oublier que sa liberté ne tient plus qu'à un fil. Mais avant, il réglera son compte à cette pute, avec ses seins qui frissonnent tandis qu'elle s'entête à vouloir embrasser le creux de sa main. Il ne voit que son cou, profite du délicieux parfum qui s'en dégage.

Il est 22 h 12, et à cette heure, alors que le train entre au pas dans la station Porte-de-Vincennes, et que quatre voitures de police venues du commissariat du XIXe foncent, gyrophares et sirènes à fond, vers le métro, les chances de survie de Stéphanie sont désormais plus élevées que jamais. Son séducteur ne l'égorgera pas ici, dans ce train presque vide. Cela ne fait pas partie de son mode opératoire. Ce qu'il veut, ce qu'il aime, c'est attirer ses victimes dans un coin discret et jouir de leurs derniers râles de vie. Seul un mauvais hasard, de ceux qui sourient parfois aux assassins, pourrait l'attirer dans le sort funeste que lui promet Vincent. Reconnaissons qu'à 22 h 13, *tandis que la rame s'immobilise enfin, cette histoire terrible devrait s'achever au mieux pour la jeune fille, même si, n'en doutons pas, elle la marquera à jamais – si elle en sort vivante.*

TROISIÈME PARTIE

Station Porte-de-Vincennes

Comme pris d'une impulsion soudaine, Vincent annonce brusquement :

— Descendons ici, Stéphanie. J'ai envie de marcher avec toi.

— Maintenant ? s'étonne-t-elle.

— Oui, maintenant.

Encore assis, il tend la main vers les poignées et la porte s'ouvre d'un coup.

Le conducteur n'a pas eu le réflexe de les bloquer.

Il s'appelle Verdière, Jérôme de son prénom. C'est un homme de trente-cinq ans et déjà dix de maison. D'ordinaire, il est affecté à la ligne 7, celle dont pas grand monde ne veut. Pour ne pas dire personne. C'est un trajet à emmerdes tant « il finit tout au nord dans des contrées pas de chez nous ». Verdière a appris à fermer sa gueule après avoir reçu un blâme pour avoir voulu empêcher une femme entièrement voilée de monter dans son train. Depuis, il ne se mêle plus des affaires de « ces putains d´Arabes », du moins devant les collègues. Bref, Verdière n'est pas un agent bien noté et s'il conduit sur la ligne 1, c'est parce qu'il fait un remplacement. Un dimanche soir, ce n'est pas non plus un cadeau. Cependant, lorsqu'on lui a dit tout à l'heure qu'un homme recherché par la police voyageait dans son train, il a suivi les consignes. Ralentir, freiner lentement et bloquer les portes. Mais qu'on ne lui en demande pas davantage. Ce n'est pas ce soir qu'il a l'intention de jouer au héros. Lorsqu'il immobilise enfin son train, il ne lui reste qu'une chose à faire : appuyer sur le bouton qui interdit l'ouverture des portes. Un geste routinier qui prend moins d'une seconde, même pour un agent fatigué comme lui. Il s'est couché tard, a bu comme un samedi soir, baisé avec Sidonie, une collègue en poste à Stalingrad, mais il est arrivé clean au boulot. Alors que lui a-t-il manqué pour empêcher l'ouverture des portes ? Un soupçon de fatigue, l'idée que le gars n'allait pas fuir, qu'il n'était peut-être plus dans le train et, surtout, ce couple avec cette femme voilée tout au bout du quai, encombré d'une poussette, qui a attiré son attention. Putain, il ne peut pas les blairer ces barbus avec leurs femmes voilées. Cela lui rappelle trop le blâme injuste qu'il a reçu et qui l'a condamné à se farcir la ligne 7. Il s'est réjoui à l'idée que ces deux-là n'allaient pas pouvoir monter et qu'ils devraient attendre comme « des cons de bougnoules » qu'ils sont. Une seconde, une seconde seulement, il les a dévisagés à travers la vitre fumée, regardés s'approcher du bord du quai en poussant leur landau, comme s'il savourait une victoire sur ces « enfoirés d'envahisseurs ».

Ne doit-il pas obéir aux consignes ? Eh bien, ils resteront à quai, les deux métèques. Cette simple idée l'a ravi au-delà de tout. Au point de perdre la précieuse seconde qui aurait bloqué l'ouverture des portes. Il s'aperçoit de sa bévue et condamne aussitôt les portes de son train à une fermeture définitive. Personne, il en est certain, n'a eu le temps de descendre.

Voilà pourquoi Vincent a eu le temps d'ouvrir les portes : parce que le conducteur de la ligne est un raciste du quotidien, un homme ordinaire qui s'est laissé avoir par l'apparition en bout de quai de ce couple qu'il abhorre.

Vincent entraîne Stéphanie sans attendre sa réponse et les voilà sortis. Pour l'instant, il est délivré du piège du train. Mais il doit faire vite. L'escalier, à sa droite, l'attire, et Stéphanie s'y dirige, mais c'est vers l'extrémité du quai qu'il choisit de marcher. Il veut éviter que le chauffeur ne les repère. Il l'appelle :

— Viens, Stéphanie, on sort par là-bas. Il y a un café, il est ouvert tard. Je t'invite !

Elle obéit, trop contente qu'il ait changé d'avis. Ils ne sont pas trop éloignés de Saint-Mandé. Et s'il l'accompagnait à pied jusqu'à chez elle ? Ce n'est pas si loin et elle n'a pas envie de le quitter. Pas si vite. Quant à partager un verre maintenant, pourquoi pas… Et surtout elle échappera à Martin.

Derrière eux, les portes se sont refermées si brutalement qu'elle doit tirer sur le pan de sa veste d'uniforme resté coincé. Dans le mouvement, son chemisier s'est écarté, dévoilant son décolleté. Elle devine le regard appuyé de Vincent, pourrait s'en inquiéter, mais au lieu de cela, elle s'en réjouit.

Elle ne s'intéresse pas davantage aux gens qui essaient en vain de débloquer les portes. Un groupe d'adolescents occupe la largeur du quai. Vincent y voit une chance. Avec autorité, il attire Stéphanie au milieu d'eux. Ils feront écran si, par malheur, le chauffeur a l'idée de vérifier que personne n'a quitté son train pendant son bref instant d'hésitation. Et c'est exactement ce qui se passe. Jérôme Verdière jette un œil sur le rétroviseur qui donne sur le quai. Il ne voit que la masse compacte de ce groupe de jeunes avant que son regard ne se pose à nouveau sur la femme voilée. Il est rassuré : si le tueur était dans son train, il y est toujours. Il prévient par radio que les portes sont bloquées et demande si les flics vont bientôt arriver. Une voix anonyme le prévient : « Les flics sont là ». Il vérifie que sa porte est bien fermée à clef. Il ne lui reste qu'à patienter.

En remontant le quai, Stéphanie aperçoit ceux qui, pris au piège à l'intérieur des wagons, s'énervent sur les poignées. Une dame âgée, le regard paniqué, semble l'appeler à l'aide. Stéphanie tente d'ouvrir. En vain, la porte demeure close. Elle dit à Vincent :

— Il faudrait avertir quelqu'un.

— Qui veux-tu qu'on prévienne ?

— Le conducteur ?

— Laisse tomber, glisse-t-il, tandis qu'elle insiste sur les portes de sécurité pour les forcer à s'ouvrir devant la vieille dame paniquée. Il doit le savoir. Ça va s'arranger. Sortons.

Il lui prend la main, accélère le pas. Il n'a qu'une peur, se retrouver face aux flics. Il dit :

— J'ai hâte que nous soyons dehors.

— Moi aussi, murmure-t-elle.

« Si nous échappons à ce piège, pense-t-il, tu ne le regretteras pas. » Ils s'engagent dans l'escalier. Ils ne verront pas la dizaine de policiers en tenue investir le quai. Ils y ont pénétré par l'entrée en tête de rame, celle que Vincent a choisi d'éviter alors qu'elle leur tendait les bras. Pourquoi sont-ils arrivés par là ? Tout simplement parce que c'est l'entrée la plus proche de leur commissariat. À quoi bon se disperser et fermer la station puisque l'homme recherché est bloqué dans la rame ?

Stéphanie et Vincent ne les entendront pas ordonner aux voyageurs, à ce groupe d'adolescents indisciplinés, de quitter le quai ; ils ne les verront pas le remonter en inspectant la rame, wagon après wagon. Il s'en est fallu, là encore, de quelques secondes. Toute cette agitation aurait peut-être fini par alerter Stéphanie. Au lieu de cela, après avoir résisté au désir de le serrer dans ses bras et de l'embrasser dans le couloir désert, elle le suit jusqu'à la sortie à l'air libre. Désormais aussi pressée d'y parvenir que lui.

Dehors, une petite pluie fine mouille leurs visages. Il se saisit du parapluie qui dépasse du sac à main de Stéphanie, l'ouvre, l'incline, dissimulant ainsi aux yeux de la jeune fille les gyrophares des véhicules de police.

— Marchons, dit simplement Vincent.

— Nous n'allons pas dans un café ? interroge-t-elle.

— Nous en trouverons un plus loin, vers Saint-Mandé, répond-il fermement.

Il ajoute :

— Maintenant, j'ai envie que nous marchions tous les deux.

— Moi aussi, murmure-t-elle.

Il se fait violence pour déposer un baiser sur la chevelure de Stéphanie, l'attirant contre lui, baissant le parapluie au plus près de leurs têtes. Cela ne l'empêche pas de se retourner vers les bars qui s'offrent à eux. Mais elle préfère marcher ainsi et profite que le parapluie est petit pour se blottir contre lui. Au plus près de son visage, de son corps. De ses cuisses.

Au même instant, dans les sous-sols du métro, l'équipe de flics prévient que les individus recherchés ne sont pas dans le train.

Eux, avancent déjà sur le trottoir de droite de l'avenue de la Porte-de-Vincennes, collés l'un contre l'autre. Stéphanie bénit cette pluie qui les oblige à se serrer sous le minuscule parapluie. Ils s'éloignent des voitures de police abandonnées, gyrophares toujours allumés, de l'autre côté de la large avenue. Vincent incline le parapluie pour cacher leur lumière qui se reflète sur la chaussée détrempée.

Stéphanie les voit. Elle ne s'en inquiète pas. Pire : elle les ignore, sans chercher à comprendre ce que peut signifier un tel déploiement. Elle est bien trop heureuse de marcher à l'air libre, appuyée sur cet homme qui lui plaît tant. Elle ne songe qu'à ce bonheur inattendu qu'elle voudrait voir durer éternellement. Les escaliers de la station sont maintenant derrière eux. Un tramway à l'arrêt les dissimule aux policiers qui regagnent leurs véhicules.

Lui a déjà repéré le parc et les petits immeubles sur leur droite. Et s'il l'attirait là ? Non, les digicodes qu'il aperçoit sur les hautes grilles l'en dissuadent. Il trouvera mieux lorsqu'ils seront à Saint-Mandé, de l'autre côté du périph. Ici, il y a encore trop de monde et trop de fenêtres éclairées. Et puis les flics ne sont pas si loin… Il accélère. Légèrement, mais suffisamment pour s'écarter de cet endroit où il se sent vulnérable.

Force est de constater que maintenant les choses se sont malheureusement inversées et se présentent vraiment mal pour Stéphanie. Elle traverse le périphérique en compagnie d'un homme dont elle est tombée amoureuse et qui, lui, ne pense qu'à une chose : trouver la meilleure opportunité de lui trancher la gorge. Une fois de l'autre côté, il sait que les occasions ne manqueront pas. La chance ne lui a-t-elle pas toujours souri ?

Quant à la jeune fille, sur qui peut-elle compter ?

Son fiancé ? Le compteur de son scooter affiche cent vingt kilomètres à l'heure. Il vient de dépasser la sortie porte de Bercy et le dernier radar qui le sépare de la porte de Vincennes, qui l'a obligé à ralentir. Il peut pousser sa machine.

Mais parviendra-t-il à temps pour les surprendre lorsque, après avoir dépassé le périph, ils déboucheront en même temps que lui à Saint-Mandé ? Il faudrait un foutu hasard pour que cela se produise, mais c'est encore possible car le chrono semble jouer en sa faveur. On peut seulement se demander quelle sera sa réaction quand il verra celle qu'il aime au bras d'un autre.

Son père, sorti avec son chien pour aller à sa rencontre ? Son trajet jusqu'à la station toute proche est sur le chemin des amoureux.

Impossible car ce qui va suivre est un malheureux concours de circonstances qui fera que le père de Stéphanie doutera longtemps du bien-fondé de ses certitudes sur le destin. Il parlera alors de « funeste coïncidence ». Car, si incroyable que cela puisse paraître, c'est bien ainsi que les choses se sont passées : à l'instant où il a traversé la rue Carrat, Boubou lui a échappé. La faute à un chat, un gros matou noir, qui lui aussi traversait la rue. Plus encore que la pluie, son labrador déteste les chats. Il se fait un devoir de les courser, même s'il échoue toujours. Boubou a tiré sur la laisse et s'est enfui à la poursuite de ce chat de malheur. Alexandre a eu beau lui ordonner de revenir, le chien a filé à l'autre bout de la rue en direction de l'hôpital Bégin où le gros matou s'était réfugié en le narguant. Alexandre Dujardin perdra un temps précieux à chercher Boubou et à lui infliger une bonne leçon qui lui fera passer l'envie de courir après les chats. Un temps trop précieux pour qu'il puisse rejoindre sa fille à la sortie du métro. Trempé, il préféra revenir se mettre au chaud chez lui.

Valérie, la femme qui conduit sa Mini Cooper en état d'ivresse en coupant à travers la banlieue est ? Elle a déjà grillé deux feux rouges et, à la vitesse où elle roule, il se pourrait bien qu'elle les croise avenue du Général-de-Gaulle. Question chrono, cela aussi peut coller. Mais il faudrait, là encore, un sacré hasard pour qu'elle les renverse à l'instant précis où ils traverseront l'avenue.

Qu'en est-il du brigadier-chef Charland ? Il vient d'apprendre que la descente des collègues du XIXe sur le quai a fait chou blanc. Le conducteur a insisté : personne n'avait pu sortir de son train. Ils l'avaient laissé repartir. Verdière s'est cru sauvé, mais, pour la petite histoire, les caméras de surveillance consultées le lendemain par sa hiérarchie confirmeront sa faute. Il perdra son travail en dépit des menaces de grève du syndicat SUD. Il se reprochera longtemps d'avoir accepté de conduire sur la ligne 1 tout simplement parce que cela lui permettait de commencer plus tard et de passer l'après-midi avec Sidonie. Laissons-le à son sort peu enviable, puisque quelques semaines après son renvoi, alors qu'il a trouvé un poste de gardien de nuit, il est rentré chez lui plus tôt que prévu après s'être disputé avec son chef et il a trouvé Sidonie, sa toute nouvelle compagne, au pieu avec un autre homme, par ailleurs agent de la RATP.

Voyons plutôt si Stéphanie peut compter sur le brigadier-chef Charland.

Sans l'agent de la RATP Christian Cabrera, la réponse serait non. Pour le policier, le tueur et sa future (?) victime sont sortis des « radars ». Il les a perdus. Il ne sait plus trop quoi faire. Pelletier, lui non plus n'y croit plus. N'a-t-il pas dit, comme pour le réconforter : « Avec tout ce qu'on aura rassemblé contre ce fumier, nous le coincerons rapidement » ? Mais Cabrera, lui, s'est obstiné. Il a appelé les stations, les unes après les autres, celles de la ligne 1 comme celles des correspondances. Il a demandé aux collègues (presque supplié certains) de surveiller les caméras branchées sur les sorties. À 22 h 15, Kévin Tong-Chai, de la station Porte-de-Vincennes, le prévient qu'il a « peut-être », puis « sans doute » et enfin « j'en suis sûr », vu un couple correspondant à celui qui est recherché. Cependant, Cabrera était tellement concentré sur ses recherches qu'il ne s'est pas rendu compte que le flic avait quitté son guichet. À 22 h 15, il n'est pas parvenu à le trouver pour le prévenir. Lorsqu'il réussit à le joindre une minute plus tard, Charland vient de monter dans un taxi, direction le 36. Mais leur conversation est hachée, interrompue, jusqu'à ce que enfin, alors qu'il traverse le pont d'Austerlitz, Charland comprenne ce que lui dit Cabrera et qu'il prévienne aussitôt ses collègues. « Notre gars est descendu avec la fille à Porte-de-Vincennes. » Il ordonne au taxi de faire demi-tour, exhibe sa carte, annonce que la vie d'une jeune femme est en jeu et lui dit de foncer. Il aurait pu tomber sur une tête de mule mais, comme avec Cabrera, il a affaire à un gars qui a compris l'urgence de la situation et accepte de foncer, de griller les feux, comme le lui ordonne le flic. Charland lance l'alerte à toutes les unités, leur ordonne de fouiller la zone ; il livre le maximum de détails sur le couple. Il dit que « l'homme est extrêmement dangereux », le qualifie de « fou », de « malade ». Il crie presque que « la fille risque à tout instant d'y passer, qu'il faut agir très vite ». Entendre la détermination du policier ne fait que renforcer celle de son chauffeur. Il fonce vers la place de la Nation, pleins phares, klaxon bloqué, grillant les feux. Son compteur dépasse les cent kilomètres à l'heure.

À cette heure, le brigadier-chef n'a pas encore perdu espoir de sauver la jeune fille des griffes de son prédateur. L'expérience lui a appris que la chance sourit aux meilleurs et il en fait partie. « Un bon flic, lui a dit un jour Pelletier, est un flic qui a du pot. » Cela, il ne l'a pas oublié, et il se raccroche désespérément à cette idée. Cependant, pour lui aussi, de précieuses, de capitales minutes, ont déjà été perdues. Cela aussi, il le sait.

Saint-Mandé

Alors qu'il se remet à peine de la frayeur qu'il vient de vivre à la station Porte-de-Vincennes, Vincent glisse la main dans la poche de son pantalon et caresse le tranchant d'acier de sa lame. Ce simple contact suffit à lui faire oublier qu'il est ce soir l'homme le plus recherché de France, que les flics ont probablement son portrait-robot et que, tôt ou tard, ils le retrouveront. Mais tout cela est dans une autre vie, une autre dimension. Il s'en moque. Au moment où ils pénètrent dans Saint-Mandé, par le trottoir de droite, protégé de l'avenue de Paris par un large parking, il n'a en tête que la promesse de l'extase qu'il va bientôt vivre.

Au même instant, Martin ralentit avant de s'engager sur la voie de sortie du périphérique. À quelques dizaines de secondes près, peut-être le temps qu'il a perdu quand une Audi A3 aux vitres teintées lui a coupé la route, l'obligeant à freiner, il aurait pu tomber sur sa fiancée et son compagnon d'un soir. C'est de justesse qu'il n'a pas été renversé. Il a répondu par des appels de phares, ce qui n'a pas été du goût du chauffeur de l'Audi, qui s'est porté à sa hauteur pour l'injurier. Martin a eu la prudence de ne pas répliquer – qui sait comment cela peut se terminer – mais il a ralenti, le temps de laisser filer ce connard. C'est ainsi qu'il a débouché sur la place du Général-Leclerc, trente-huit secondes plus tard que Stéphanie et Vincent qui sont déjà à l'autre extrémité.

— Tu veux que je t'accompagne jusque chez toi ? demande Vincent.

— Oui…

Ce « oui », elle l'a glissé, murmuré, dans le creux de son oreille.

— C'est par où ?

— Il faut couper par l'avenue du Général-de-Gaulle. Ce n'est pas très loin. Mais tu peux me laisser là…

Elle se souvient qu'il a rendez-vous chez des amis.

— Bérault, c'est tout droit. Tes copains doivent t'attendre.

— Ah, oui, mes copains… Tu penses vraiment que j'ai envie d'être avec eux ?

— Je ne sais pas…

Il répète ce qu'il lui a dit tout à l'heure, comme elle l'espère tant :

— Mes amis, je m'en contrefous ! Et si nous allions prendre un verre ? ajoute-t-il en désignant le bar encore ouvert, de l'autre côté de l'esplanade.

« Pourvu qu'elle renonce », espère-t-il.

Elle hésite. Ce verre, elle n'y tient pas. L'endroit qu'elle aperçoit est glauque. Les lumières crues. Mais accepter, ce serait passer encore plus de temps avec lui. Alors, elle répond :

— Allons-y.

Il dissimule sa déception. Elle est extrême. Pas parce qu'il n'a pas envie d'être vu en sa compagnie. Il sait qu'il ne risque rien, que ceux qui sont après lui ne l'atteindront pas ce soir. Désormais, il se sent invulnérable. Non, il a seulement hâte, tellement hâte, d'en finir avec elle. Mais il ne trouve pas les mots pour la dissuader.

— Le bar n'a pas l'air terrible, tente-t-il cependant.

— Peu importe.

C'est tout juste si elle n'a pas ajouté : « Le principal est d'être avec toi. » Elle n'a pas osé. Cependant, il l'a compris.

Ils doivent revenir sur leurs pas, avant de traverser l'avenue. Parvenus au passage protégé, bien que la route semble dégagée, ils attendent que le feu passe au rouge. La pluie a cessé. Mais au lieu de refermer le parapluie, ils choisissent d'y rester blottis, coupés du reste du monde. Il lui sourit, pose un nouveau baiser sur ses cheveux blonds.

Il est plus grand qu'elle. Stéphanie lui offre, tel un encouragement à ce qu'il attend avec rage maintenant, la vision si excitante de son cou où perlent de fines gouttes de pluie. Elle voudrait tant qu'il l'embrasse, là, tout de suite. Il l'a compris. Il n'en a pas la moindre envie. Pire, la simple idée le dégoûte. Mais ce serait la solution pour qu'il échappe à ce foutu bar et qu'ils reprennent leur marche en amoureux, devine-t-il. Il ne sait pas quoi lui dire pour éviter cette perte de temps.

Il se résout à lui accorder ce baiser. Elle oubliera peut-être le bar et continuera à marcher avec lui. Mais le bonhomme vert s'allume et le sauve de ce baiser dont il ne veut pas. Après un instant d'hésitation, elle décide d'autorité de traverser. Le prenant par le bras, elle s'engage dans le passage protégé. Ce n'est pourtant pas l'envie de l'embrasser qui lui a manqué, mais dans une sorte de réflexe irraisonné elle a choisi d'attendre avant de s'abandonner totalement à lui. Car elle n'aurait plus d'autre perspective alors que de remettre en question ce qui est sa vie désormais. « Tout va trop vite, a-t-elle soudain pensé. Il faut que je le connaisse mieux. Ne t'emballe pas, Stéphanie. »

Ce sursaut va-t-elle la sauver ? Le temps perdu dans le café permettra peut-être aux policiers ou à Martin de la retrouver avant que Vincent passe à l'acte. Peut-être aussi qu'il se produira dans ce bar un événement qui lui permettra d'échapper à son prédateur. Enfin, même si cela paraît peu probable, peut-être sera-t-elle déçue par le garçon et préférera-t-elle couper court à leur idylle naissante.

Bref, un espoir, même ténu, demeure encore.

Tout à leur trouble, elle d'avoir interrompu leur baiser, lui d'y avoir échappé, de sentir sa lame et de ne penser qu'à son plaisir remis à plus tard, ils ne voient pas une Mini Cooper descendre l'avenue à pleine vitesse. Ils ne réagissent qu'au bruit de ses freins. Lorsqu'ils se retournent, la voiture n'est qu'à une dizaine de mètres d'eux. Elle glisse, incontrôlable, sur la chaussée humide. Elle va les faucher. Dans un geste que Stéphanie qualifiera quelques secondes plus tard de miraculeux, Vincent tire la jeune femme en arrière si vigoureusement qu'elle tombe sur la chaussée gorgée de pluie. La Mini la frôle, l'inondant. Puis la voiture folle grille le feu et, ralentissant à peine, prend à gauche, évite de justesse une Kangoo blanche et disparaît en direction de Paris. Comme un mauvais rêve. Et sans aucun témoin, se félicite Vincent.

Stéphanie se relève, regagne le trottoir.

— Je suis trempée, parvient-elle d'abord à articuler.

Puis, se serrant contre lui, elle murmure :

— Merci, Pierre, tu m'as sauvé la vie.

Elle tremble. Il la prend contre lui. Il ne peut lui refuser le baiser qu'elle pose d'abord délicatement sur ses lèvres avant de se laisser emporter par sa fougue. Elle veut cet homme, elle n'a plus peur de se laisser envahir par l'immense désir de s'abandonner à lui.

— Merci, merci, merci… chuchote-t-elle entre deux baisers. Marchons, dit-elle enfin.

— Tu es toute mouillée, Stéphanie.

« Surtout ne pas lui suggérer d'aller reprendre ses esprits au café », songe-t-il.

— Je m'en moque. Je veux être avec toi.

Elle l'embrasse à nouveau, encore et encore, et finit par dire :

— Allons-y. Partons d'ici.

Ils s'éloignent du carrefour, main dans la main, laissant derrière eux le parapluie disloqué. La Mini a roulé dessus. Il sera ce soir la seule victime de Valérie.

— Nous ne sommes plus très loin de chez moi, murmure-t-elle, comme à regret.

L'interminable avenue du Général-de-Gaulle s'ouvre devant Vincent. Aux mots de la jeune fille, il devine qu'il n'aura pas beaucoup d'opportunités de trouver un endroit isolé. À moins qu'il attende d'être dans le hall de l'immeuble de ses parents. Mais il préférerait saisir sa chance avant. Il parcourt la route du regard. C'est là peut-être qu'il trouvera le porche où il pourra assouvir son désir croissant. Dans cet immeuble récent à côté du Monoprix ? Il aperçoit le digicode de la porte d'entrée en haut des marches. Il n'y entraînera pas Stéphanie… L'avenue est encore trop fréquentée, l'immeuble trop imposant. Même dans l'hypothèse où il pourrait y pénétrer, il prendrait le risque de se faire surprendre. Et puis il y a ce traiteur chinois de l'autre côté de la chaussée. Il est ouvert et quelques clients finissent leur dîner, contre la vitre. La rue est le seul spectacle pour tromper leur ennui ; ils pourraient les apercevoir. Non, il est préférable d'attendre d'être dans une voie adjacente. Certes, il a hâte de passer à l'acte. Davantage que cela encore, il ne parvient à calmer son impatience, cette rage qui l'étreint, qu'en caressant le manche de son couteau. Mais, au final, cela ne changera rien, sauf à laisser la jeune femme en vie quelques minutes de plus. Il se calme car il sait que le sort de cette blonde est scellé… Il est maître de lui, de ses émotions, il sait déjà comment il va procéder. Comme avec les autres. Il l'attirera contre lui, la poussera dans l'obscurité et lui tranchera la gorge. Il lui suffit maintenant de dénicher le meilleur endroit. Il ne désire pas seulement la tuer, il veut entendre ses râles tandis qu'elle se videra de son sang. Ce n'est qu'ensuite qu'il abandonnera son cadavre mutilé et inutile. Comme les quatre qui l'ont précédée.

Cette voiture, cette Mini folle qui, après avoir évité Stéphanie de justesse, a grillé le feu et a manqué emboutir une Kangoo, Martin l'a vue. Il sortait à bonne vitesse du périphérique. En revanche, d'où il se trouvait, il n'a pas vu qu'elle avait manqué écraser Stéphanie quelques secondes plus tôt. Pas vu non plus sa fiancée tomber sur le macadam.

Il se rend seulement compte que c'est lui qui aurait pu être fauché.

En effet, alors qu'il a pénétré dans Saint-Mandé, sur la large esplanade où quelques instants plus tôt, cachés sous un petit parapluie, déambulaient main dans la main Stéphanie et Vincent (ce qu'il n'aurait pas apprécié et qui sait comment il aurait réagi…), il a parcouru la place du regard. Il a ralenti à la recherche de son amie. Personne ne l'attendait à la sortie de la station, pas plus que Stéphanie ne s'abritait dans les boutiques voisines. Il s'est dit qu'elle était en train de regagner l'appartement de ses parents et qu'elle l'y attendait. Il a aussi vu que le feu au carrefour de l'avenue du Général-de-Gaulle était vert et il a voulu accélérer pour en profiter.

Pour arriver chez les parents de sa fiancée, rue Carrat, il connaît le chemin par cœur, tant il est souvent venu la récupérer chez eux. À cause des sens interdits, il doit prendre, juste après « Charles-de-Gaulle », à droite par l'avenue Foch. Ensuite, il rejoint la rue Carrat par la rue Poirier.

Ce n'est pas plus compliqué que ça et s'il passe au feu, cela lui prendra moins d'une minute. Voilà pourquoi il a accéléré et pourquoi il a été à deux doigts de percuter la Mini. Le temps qu'il a perdu à essayer de repérer Stéphanie lui a rendu un sacré service. Oui, vraiment, il s'en est fallu de peu que la voiture ne le renverse de plein fouet.

Cependant Stéphanie aurait vu l'accident de Martin. Elle se serait précipitée et cela lui aurait probablement permis d'échapper au sort que lui promet Vincent.

À quelques secondes près, Martin serait donc à cette heure en piteux état. « Comme quoi, à quoi tient la vie », se dit-il en découvrant le visage de la conductrice, indifférente à ceux qui l'entourent et aux coups de klaxon du conducteur de la Kangoo, qui lui aussi a frôlé le pire. C'est cette indifférence qui l'agace. Au lieu de poursuivre sa route, comme il en avait l'intention, persuadé qu'avec la pluie qui menace encore, bien qu'elle ait cessé, Stéphanie ne l'a pas attendu, dans un accès de colère, comme s'il voulait aussi lui faire payer sa mésaventure humiliante avec le chauffeur de l'Audi A3, il fait demi-tour, décidé à la rattraper. Martin est un garçon qui ne plaisante pas avec la sécurité routière et il a bien l'intention de dire sa façon de penser à cette femme. Un chauffard ! Dans la manœuvre, il perd du temps. La Mini a franchi le carrefour, emprunte le pont au-dessus du périph, tandis que lui est bloqué par le feu rouge. Mais Martin n'est pas homme à abandonner. Il la poursuivra coûte que coûte. Elle n'est pas si loin. D'ailleurs, note-t-il, la voiture a stoppé au milieu du pont, warnings allumés. D'où il est, il voit la femme en descendre et s'accouder à la rambarde. Elle vomit. Ce spectacle affligeant le désole et il se demande s'il ne va pas abandonner sa poursuite. N'a-t-il pas mieux à faire ? Ce n'est qu'une ivrogne qui crache ses tripes. Non, il trouvera les mots pour l'agonir d'insultes. Il est sur le point de s'élancer pour la rejoindre quand un véhicule de police s'arrête à son niveau dans le sens inverse. Deux hommes en tenue en descendent. Elle est bonne pour un alcootest et une amende carabinée. Il se demande encore s'il doit les avertir qu'il l'a vue griller le feu, mais l'envie de retrouver sa Stéph est plus forte. Il n'a pas fait tout ce chemin pour perdre son temps avec les flics. Ils sont même capables de lui demander de les suivre au commissariat pour faire une déclaration. « Qu'elle crève… » Il va repartir lorsque, au loin, au bout de l'avenue qui mène à Nation, il aperçoit, leurs gyrophares incendiant la nuit, une dizaine de véhicules de police. Ils remontent l'avenue à grande vitesse en direction de Saint-Mandé. C'est magnifique. « Magique », comme il a l'habitude de le dire. D'où il est, il perçoit le bruit des sirènes et, tel un ballet bien orchestré, il voit les véhicules quitter le groupe les uns après les autres pour s'enfoncer dans les voies perpendiculaires. Trois seulement viennent vers lui en direction de la banlieue.

Il en oublie le sort réservé à la femme qui souffle dans l'alcootest et décide de patienter le temps d'assister à ce spectacle jusqu'au bout, fasciné par tous ces véhicules dont les lumières illuminent la ville. « Où vont-ils ? Qui cherchent-ils ? » Il reste ainsi, moteur à l'arrêt, le temps que les voitures de police le croisent sans lui prêter attention. Ils semblent dans une telle urgence qu'il se dit qu'il doit se passer quelque chose de grave dans le coin. Il les voit ralentir, et prendre chacune une rue différente. Poussé par la curiosité, il les suivrait volontiers. Mais il doit récupérer sa fiancée et rebrousse chemin, franchissant à nouveau Saint-Mandé. À l'angle de l'avenue du Général-de-Gaulle (là où il a échappé de peu à l'accident), le feu vient de passer au vert. Il ralentit prudemment puis met les gaz, pressé de retrouver sa Stéph. Il connaît le chemin par cœur : l'avenue Foch sur une centaine de mètres, puis à droite par Poirier...

Sans imaginer une seule seconde que tout le temps qu'il vient de perdre bêtement risque de coûter la vie à celle qu'il aime.

Car c'est à la seconde près que le sort de Stéphanie s'est joué.

Prenons les choses dans l'ordre :

D'abord, il y a le véhicule avec trois policiers en tenue à bord. Il a pris à droite l'avenue du Général-de-Gaulle. Celui qui conduit s'appelle Fernandez et roule à environ trente kilomètres à l'heure. Les deux autres fonctionnaires de police sont assis du côté droit. Fernandez ralentit encore pour inspecter la rue du Talus-du-Cours, puis, juste après, celle de l'Amiral-Courbet, qu'il hésite à prendre. Elle est déserte ; il décide de continuer sur l'avenue. Lorsqu'ils arrivent à l'angle de la rue Poirier en sens interdit, Fernandez freine, avance presque au pas, jette un œil dans la ruelle. Il fait son boulot, comme on le lui a ordonné. On ne pourra rien lui reprocher sur ce point, même si lui et ses deux collègues sont persuadés de perdre leur temps. Trouver ce couple qui est peut-être descendu Porte-de-Vincennes – personne n'en est plus vraiment sûr, tant les consignes ont été contradictoires –, c'est chercher une aiguille dans une botte de foin. Il l'a fait remarquer à ses deux collègues qui ont approuvé.

Le coup d'œil qu'il laisse traîner rue Poirier lui confirme ce qu'il pense : elle aussi est déserte. Son collègue assis sur le siège arrière ne prend même pas la peine de se retourner. Il est trop occupé à remettre en place son arme de service qui, dans l'inconfort de la Renault, le gêne. Peut-être, mais nous ne le saurons jamais, aurait-il pu apercevoir Stéphanie et Vincent. Car oui, ils sont là. Mais si l'agent Fernandez ne les voit pas, c'est parce qu'une seconde plus tôt Vincent a attiré la jeune femme sous le porche d'entrée du numéro 4 *bis*. Tandis qu'il se laisse embrasser, Vincent tente de l'index de la main gauche d'appuyer sur le déclenchement d'ouverture de la porte d'entrée. Par chance pour elle, le code est actif. Ce n'est pas ici, derrière cette porte qui refuse obstinément de s'ouvrir, qu'il la tuera. Dommage, l'immeuble lui plaisait. Les volets sont tirés au rez-de-chaussée et seul un appartement au troisième étage est éclairé. De ce qu'il a vu de la rue, l'entrée donne sur un jardinet. L'endroit lui a paru idéal. Il doit y renoncer.

La voiture de police poursuit au ralenti sur l'avenue. L'agent Fernandez s'interroge : au prochain carrefour, continuera-t-il tout droit ? ou prendra-t-il à droite ? et pourquoi pas à gauche ? Finalement, il choisira la droite, s'éloignant ainsi définitivement du couple. « Fouillons la zone proche du périph », annoncera-t-il à ses compagnons qui y verront une bonne initiative à défaut d'en proposer une meilleure.

Au moment de tourner, il remarquera quand même, de l'autre côté du carrefour, une présence humaine. « Il y a un monde fou dans cette ville ! » lancera-t-il pour plaisanter à ses collègues. Il verra un homme trempé tirer, furieux, sur la laisse d'un chien noir.

Bref, dans l'immédiat, Vincent n'a rien à craindre du déploiement des forces de police. Pas davantage du brigadier-chef Charland qui ordonne à son chauffeur de taxi de continuer en direction de la porte de Vincennes. Ce dernier n'a rien perdu des nombreux échanges que son passager impatient a eus aussi bien avec les hommes sur place qu'avec sa hiérarchie et ses collègues du 36. Il fait corps avec eux tous, comme si sa propre vie en dépendait. C'est pied au plancher, klaxon à fond, zigzaguant entre les voitures, qu'il fonce vers la porte de Vincennes. Il sent que son passager se décourage tandis qu'il l'entend hurler à ceux qui l'informent qu'ils ne trouvent rien : « Continuez à fouiller. Ils sont là j'en suis sûr ! » Le chauffeur tente un « Je vais vous le trouver, cet enfoiré ». Mais il n'ose pas avouer à son passager ce qu'il pense : ils sont sans doute trop éloignés d'eux pour les dénicher à temps. Ce qu'ils tentent désespérément, c'est chercher une aiguille dans une botte de foin. C'est exactement ce que disaient Fernandez et ses deux collègues dans leur poussive Renault de service quelques instants plus tôt. Mais lui, il est optimiste de nature et il se dit que parfois, et avec beaucoup de chance, cette aiguille, on la trouve. Alors, il se retourne vers Charland et demande :

— Patron, on arrive porte de Vincennes. On va où, maintenant ?

— On continue sur Saint-Mandé, répond Charland.

Charland ne s'expliquera pas pourquoi il a eu cette intuition qui se révèlera juste. Peut-être qu'inconsciemment les avait-il entendus parler de cette ville lorsqu'il avait été le témoin séduit de leur conversation d'amoureux. « Oui, oui, elle a parlé de Saint-Mandé », croit-il se souvenir, mais c'est l'intervention du chauffeur qui le convainc vraiment. Favier dit, tout en évitant de justesse une fourgonnette de location qui change de file sans mettre son clignotant :

— Plus je réfléchis à cette histoire, plus je suis persuadé qu'ils sont là-bas. Vous avez raison, inspecteur. Il faut chercher à Saint-Mandé !

« Inutile de lui préciser que le grade d'inspecteur n'existe plus depuis des lustres dans la police », se dit Charland. Il demande seulement :

— Qu'est-ce qui vous fait penser ça ?

— C'est juste une idée comme ça, bafouille Favier prudemment.

Il sait d'expérience que les flics n'aiment pas qu'on leur dicte leur façon d'agir.

— Allez-y, l'encourage Charland.

Alors, il se lance :

— J'ai entendu tout ce vous disiez. J'ai compris que le tueur et la jeune femme sont descendus en catastrophe à la station Porte-de-Vincennes. Ce n'était pas l'endroit où elle était censée descendre et l'homme a dû la convaincre de finir le trajet à pied. Donc, sa destination finale était Saint-Mandé, pas si loin en marchant. Il lui a seulement suggéré de continuer jusqu'à chez elle. La fille n'y a pas vu malice et, au contraire, elle l'a suivi sans discuter. Trop heureuse de poursuivre ce flirt naissant à l'air libre et de bécoter son amoureux. Qu'est-ce que vous en pensez, inspecteur ?

— Que vous feriez un bon flic !

— J'ai raté ma vocation, plaisante le chauffeur. Dans une autre vie ! Je pars à la retraite à la fin de l'année…

Charland l'examine en coin. C'est un homme fatigué, vieilli avant l'âge qu'il découvre. Le chauffeur s'en aperçoit. Il précise :

— Soixante-cinq ans en mai prochain. Il est temps de partir à la retraite, non ?

Il n'attend pas la réponse du flic. Il demande :

— On fonce, chef ?

Charland réplique, amusé :

— C'est vous le chef, monsieur !

— Favier, Paul Favier pour vous servir… Et dire que je ne devais pas bosser ce soir…

Il ne racontera pas à ce flic qu'il s'est embrouillé cet après-midi avec sa femme pour une histoire à la con de télé. Elle voulait regarder Drucker, lui non. Elle avait répondu que s'il n'était pas content il n'avait qu'à partir conduire son « taxi chéri ». Au moins, elle n'aurait pas à supporter sa tronche. « Supporter sa tronche », c'est exactement ce qu'elle avait dit. C'est tout juste si elle n'avait pas ajouté « de vieux con ». Il l'avait prise au mot et il était sorti en claquant la porte. « La retraite, ce ne sera pas de la tarte avec elle dans mes pattes tous les jours », avait-il à nouveau songé. Au fond, elle avait raison, il n'y a que dans sa Mercedes qu'il se sent vraiment bien. Ce soir plus que jamais. Comme dit son petit-fils, Lucas : « Il kiffe sa race. »

Quand on pense que, sans cette embrouille, il n'aurait pas vécu cette soirée de folie. Le compteur indique 22,50 euros. Mais, de ce pognon, il n'en a rien à foutre. Il ne veut qu'aider ce flic et prie pour la vie de la malheureuse jeune fille. Il bénit Drucker, l'engueulade avec sa femme et le hasard qui lui a fait croiser la route de ce flic.

Et dire qu'il avait hésité à s'arrêter pour le prendre… Il pleuvait et ce type trempé allait lui dégueulasser son taxi.

Tandis que la Mercedes franchit le pont qui surplombe le périphérique, indifférent au feu qui lui interdit le passage, Charland ordonne à tous les véhicules qui patrouillent autour de la porte de Vincennes de se diriger vers la banlieue. De fouiller rue par rue, maison après maison. Il y a longtemps qu'il ne s'est pas senti aussi excité. Tout simplement parce que la vie de la jeune femme ne tient qu'à un fil.

— Oui, oui, c'est ça ! Ils sont à Saint-Mandé. Foncez !

L'espoir qui l'avait quitté un instant renaît d'un coup. Pour un peu, il embrasserait ce vieux chauffeur qui esquisse un bref sourire sur son visage ridé.

Parvenu de l'autre côté du périphérique, Paul Favier demande :

— Qu'est-ce qu'on fait maintenant ?

Charland n'hésite pas :

— Suivez votre intuition.

— OK, je prends à droite.

À droite, c'est l'avenue du Général-de-Gaulle, exactement là où, deux minutes plus tôt, s'était aventurée, sans rien repérer de suspect, la voiture conduite par l'agent Antoine Fernandez. Favier grille le feu et s'engage dans l'avenue. Dans son rétroviseur, il aperçoit les gyrophares des véhicules appelés à la rescousse. Il doit bien y avoir entre quinze et vingt voitures de police qui patrouillent dans Saint-Mandé. Ça le rassure un peu.

— Ralentissez, maintenant, ordonne le brigadier-chef.

La chasse peut commencer. La chance sourira-t-elle enfin face à un tel déploiement de forces ? En l'espace de quelques minutes, le sort promis à Stéphanie a peut-être changé. Ses possibilités de survie demeurent minces, mais elles existent. Sur qui peut-elle compter ? D'abord, Charland et son chauffeur de taxi. Celui-ci est tellement impliqué dans cette quête qu'on peut compter sur lui presque autant que sur le brigadier-chef. Motivés comme ils le sont, et chanceux comme Charland l'a toujours été dans sa carrière, ils peuvent réussir. Il y a aussi cette vingtaine de voitures de flics qui sillonnent la petite ville de banlieue.

Ensuite, il ne faut pas oublier Martin. Après avoir contourné le pâté de maisons, il va emprunter la rue Poirier sur son scooter. La distance qui le séparera du couple sera alors d'une cinquantaine de mètres. S'ils sortent du renfoncement de l'immeuble où Vincent a attiré sa proie dans l'espoir de la pousser dans l'entrée, Martin verra Stéphanie. La suite ne promet pas des retrouvailles chaleureuses mais il l'aura sauvée.

Enfin, il y a une dernière venue dans cette histoire : Florence, trente ans, célibataire, infirmière libérale de profession. Il faudrait des pages pour raconter comment cette native de Perpignan s'est retrouvée en région parisienne, alors qu'elle rêvait de passer sa vie dans sa ville d'origine, auprès de sa famille, de ses amis, de la mer et de la montagne. Il avait suffi qu'elle rencontre Antoine dans une boîte de nuit, le Marina Atlantide Tentation de Port-Barcarès où elle fêtait l'enterrement de la vie de jeune fille de sa copine Tiffany pour que son existence bascule. Dieu sait comment ils se sont croisés sur la piste de danse. Dans les faits, c'est le lendemain que leur histoire a véritablement débuté. Ils se sont reconnus sur la plage. « Tu étais à l'Atlantide ! » s'était exclamé Antoine qui n'avait rien trouvé de mieux à dire. Évidemment, ils s'étaient revus et, à la fin de l'été, ils étaient inséparables. Alors, sans hésiter, elle avait emménagé chez lui au 5 de la rue Poirier à Saint-Mandé trois mois plus tard. C'était il y a un peu plus de trois ans, et elle ne regrette rien. Même pas sa région. Elle vit avec Antoine, elle est heureuse. Il lui manque. Si elle est seule ce soir, c'est parce qu'il travaille de nuit à l'hôpital Bégin tout proche. Le hasard a aussi voulu qu'ils soient tous les deux infirmiers.

Rue Poirier

Florence et Antoine habitent donc au second étage du numéro 5 de la rue Poirier. Ce numéro 5 se situe exactement en face du 4 *bis*. Cette soirée de dimanche, Florence Bugeaud l'a passée à pianoter sur son ordinateur. Elle vient de l'éteindre et se lève pour fermer les volets. Demain, elle commence tôt. Elle ne fera que croiser l'homme avec lequel elle va fonder une famille. Elle a été tellement heureuse d'annoncer à ses parents qu'elle était enceinte de trois mois. Tandis qu'elle tire le rideau, elle aperçoit de l'autre côté de la rue étroite un couple qui s'embrasse dans la pénombre. Elle reste un instant à l'observer. Elle voit la main de l'homme tenter d'enclencher la porte d'entrée, tandis que la fille lui caresse le cou. Elle s'en amuse : « Il y a un code, mon garçon. À Saint-Mandé, les gens activent le code la nuit ! » Il est de dos. Elle devine une silhouette grande et mince. Il est brun. S'il est aussi beau que cette jeune blonde qui s'abandonne à lui, alors c'est le couple le plus beau de la terre ! Elle n'ose pas ouvrir les fenêtres de peur de les déranger. Elle éteint la lumière avant d'écarter le rideau de lin blanc. Ainsi, ils ne la repéreront pas. Elle se contente d'apprécier le spectacle. Elle s'étonne seulement de voir que les mains de l'homme ne profitent pas de la jeune femme. L'une s'acharne en vain sur le boîtier du code, l'autre est glissée dans la poche de son pantalon. Elle fermera les volets plus tard. Dans l'immédiat, elle se rappelle qu'elle doit descendre le sac à ordures jusqu'à la poubelle sortie dans la rue. Elle a oublié cette corvée et Antoine ne sera pas content. Elle l'adore, mais c'est un maniaque de l'ordre et de la propreté. Il déteste les poubelles qui débordent. Les éboueurs passent à l'aube.

Elle s'empare du sac, s'engage sur le palier, descend les escaliers et débouche sur le corridor. Il est assez large pour laisser passer les voitures qui se garent dans les quatre parkings au fond de la cour. Elle appuie sur le bouton qui enclenche la lourde porte d'entrée.

Le bruit attire l'attention de Vincent. Il se retourne. Une femme en robe de chambre sort de l'immeuble. Elle a tiré le portail en grand. Il se referme lentement, finit par claquer le temps que la femme dépose le sac dans la poubelle un peu plus loin sur le trottoir. Presque devant le numéro 3. Le silence dans la rue est tel qu'il l'entend marmonner. Elle râle contre celui qui a poussé la poubelle aussi loin. D'ordinaire, elle est juste devant et elle a le temps d'y jeter son sac avant que la porte de l'immeuble ne se referme. Le trottoir est mouillé et ses chaussons trempés. Elle est tellement en rogne qu'elle en oublie presque le couple qu'elle a vu s'embrasser depuis sa fenêtre. « Ils sont toujours là à se bécoter », se dit-elle en se pressant de regagner son immeuble.

Lorsque la porte s'est ouverte, Vincent a eu le temps d'apercevoir une belle cour derrière. L'endroit idéal pour ce qu'il se prépare à accomplir. Toujours prisonnier de la fougue amoureuse de Stéphanie, il pivote légèrement pour mieux observer la femme qui vient de sortir en robe de chambre avec un sac-poubelle. Elle compose le code d'entrée. Il perçoit le bruit caractéristique du pêne qui se débloque.

Cette porte est lourde et puissante. Florence Bugeaud, petite femme fluette d'un mètre cinquante-huit, doit mettre toute son énergie pour l'ouvrir. Ses efforts sont récompensés : le portail s'ouvre en grand. Florence se réfugie à pas pressés dans le corridor éclairé par la lumière crue d'un néon.

Vincent n'hésite pas une seconde. Il prend Stéphanie par la main et l'entraîne de l'autre côté de la rue Poirier. Elle se laisse faire. Devine son intention. Son amoureux veut l'amener dans la cour de l'immeuble en face. Elle connaît l'endroit : pendant des années, son père y a loué un box. Peut-être en possède-t-il un encore. Il y a là des recoins, où elle pourra davantage profiter de lui. Voilà pourquoi, parce qu'elle veut que ces instants d'intimité ne s'arrêtent jamais, elle le suit sans protester. Au contraire, ils seront bien plus tranquilles, tout au fond, là où personne ne pourra les voir. À la fois si près et si loin de l'appartement de ses parents.

Vincent voit « la femme à la poubelle » disparaître dans l'entrée de droite, sous le porche. Mais il voit surtout la grosse porte se refermer trop vite. Inexorablement. Alors qu'il est au milieu de la rue, il lâche la main de Stéphanie, se précipite. S'il n'avait pas tendu le pied pour la bloquer, il n'aurait pas pu empêcher la fermeture.

— Champion, Pierre ! s'écrie-t-elle.

— Tu me plais vraiment, susurre-t-il.

Elle fond de plaisir. Déjà elle est sur lui et c'est elle qui pousse la porte.

— Viens, dit-elle. Au bout du corridor, Vincent découvre une vaste cour et quatre box de parking. L'un d'eux, vide, est ouvert. C'est là, protégé de tous, qu'il l'entraînera, décide-t-il d'entrée. Personne ne pourra les voir et il disposera de tout son temps. Le néon cru s'éteint d'un coup. Les lumières de la rue s'estompent au rythme de la porte qui se referme lentement. Bientôt ils n'auront pour se guider que la pâleur d'un croissant de lune.

— Allons là-bas, chuchote-t-elle, désignant du menton le box ouvert.

Vincent caresse son poignard. Il touche au but et, comble d'ironie, c'est elle qui le conduit au lieu de sa mort.

Au loin, juste avant que la porte ne claque derrière eux, il entend le bruit insistant d'un klaxon.

À l'étage, Florence s'approche de la fenêtre qui donne sur la rue. Elle constate que le couple qu'elle a aperçu en train de s'embrasser n'est plus là. Elle ouvre la fenêtre, se penche, les cherche à droite et à gauche. Personne. Elle tire ses volets.

C'est à l'instant où Stéphanie saluait Vincent d'un vibrant « Champion, Pierre ! » que Martin a surgi dans la rue Poirier. « Surgi », le mot n'est pas trop fort car la vitesse de son Tmax était un brin, juste un brin, excessive. Une traînée d'huile ajoutée à la chaussée mouillée et à ses quarante kilomètres à l'heure l'ont fait déraper. Pour un peu, il a manqué perdre le contrôle de son engin. Il s'est rétabli de justesse, frôlant une Volvo garée à l'entrée de la rue. Décidément, ce soir, il en a affronté, des dangers ! Il le dira à Stéphanie…

Qu'il a tutoyé la mort rien que pour elle ! Il est sûr que cela la fera rire. Il l'aime tant lorsqu'elle rit. C'est si rare.

Le temps qu'il reprenne ses esprits, Stéphanie et Vincent ont disparu sous le large porche du numéro 5. Quelques secondes plus tard, il gare son puissant scooter devant l'immeuble des parents de sa fiancée. Il reconnaît Alexandre, toujours furieux contre Boubou, dont il tire avec fermeté la laisse.

Arrivé à hauteur de son futur gendre, Alexandre explique son agacement :

— Ce foutu chien m'a échappé pour courser un chat et j'ai mis un temps fou à le retrouver.

— Sacré Boubou, sourit Martin en caressant le crâne du labrador.

— Connard de clébard, rectifie Alexandre.

Puis il demande :

— Tu es venu chercher Stéph ?

— Oui, monsieur, répond Martin en lui serrant la main.

— Je ne sais pas si elle est arrivée… Entre mon garçon. En tout cas, tu es courageux d'être venu jusque-là avec ce temps pourri.

— Je ne vous le fais pas dire !

Martin le suit, pas mécontent de se mettre au sec, se régalant à l'avance du whisky de trente ans d'âge que son futur beau-père va lui proposer.

Il faut se rendre à l'évidence : ce n'est pas lui, ni Alexandre Dujardin qui sauveront ce soir Stéphanie. La faute à ces petits détails dus au hasard qui font souvent le sel de la vie. Mais pas toujours.

Suivant son intuition, Paul Favier, le chauffeur de taxi, avait emprunté l'avenue du Général-de-Gaulle, après avoir grillé le feu. C'est à très petite vitesse, presque au pas, qu'il remontait l'avenue. Chacun se concentrait sur un côté de l'artère. Lui à gauche et Charland à droite. Chaque hall d'immeuble a eu droit à un examen minutieux. Favier se moquait bien de la voiture, une Clio verte, qui le collait et lançait des appels de phares pour l'inciter à accélérer. Les rares véhicules qu'ils croisaient et le terre-plein central lui interdisaient de le doubler. Le conducteur de la Clio s'énervait. Furieux, il appuyait comme un malade sur son klaxon, tout en gesticulant.

À hauteur de la rue Poirier en sens interdit, Favier a entrouvert sa vitre ; il a sorti sa main et il a fait signe au conducteur irascible de se calmer. Cela n'a eu pour effet que de le faire s'énerver encore plus sur son avertisseur sonore. Tandis qu'il remontait sa vitre, Paul Favier a inspecté la rue Poirier sur sa gauche. Le trottoir était désert. Puis, au bout de la rue, il avait aperçu les phares d'un scooter, et enfin sur le trottoir de droite, dans la lumière d'un immeuble entrouvert, la silhouette d'un homme y pénétrer.

C'est Vincent qu'il a vu.

Il ne l'a pas encore compris. Mais l'idée le taraude. Alors, une trentaine de mètres plus loin, il avertit le flic assis à l'arrière. La réaction de Charland est immédiate :

— Foncez !

Il ordonne :

— Arrêtez-vous !

Il faut encore une dizaine de mètres avant de s'arrêter, tant la voiture qui suit le serre de près. Charland est déjà dehors. Mais c'est sans compter la fureur du conducteur de la Clio verte. Il aurait pu en profiter pour doubler, mais il a décidé de déverser sa colère sur ce taxi et son passager qui se foutent du monde. Il sort de son véhicule et interpelle le brigadier-chef.

— Non, mais, pour qui vous vous prenez ?

Dans un premier temps, Charland l'ignore. Mais l'autre se plante devant lui, lui barre le passage et lance, hors de lui :

— Espèce de connard !

Favier s'est approché. Il tente :

— Calmez-vous, monsieur. C'est un policier.

L'homme, un gros type moustachu d'une quarantaine d'années, insiste au lieu de la fermer :

— Je n'en ai rien à branler. Vous êtes des connards tous les deux. Vous n'êtes bons qu'à faire chier le monde.

— Filez, insiste Favier.

Si Charland n'était pas intervenu, le gros type aurait balancé son poing sur le visage du chauffeur. Il retient son bras, le force à reculer et le couche sur le capot de sa voiture. Il ordonne :

— Casse-toi ! avant d'ajouter : Tu as de la chance, j'ai des choses bien plus importantes à régler.

Le type prend conscience du merdier dans lequel il s'est fourré. Il remonte dans sa voiture. Ce n'est qu'après les avoir dépassés qu'il leur adresse un doigt d'honneur. Mais ils ont déjà traversé l'avenue, abandonnant le taxi en double file, et ne le voient pas.

L'incident ajouté à la réaction tardive de Favier leur a fait perdre une bonne minute.

Une minute plus tôt, le téléphone de Florence a retenti. À cette heure-là, cela ne peut être qu'Antoine. Lorsqu'il travaille de nuit, il profite toujours d'une pause pour l'appeler, pour le simple plaisir de lui répéter qu'il l'aime, qu'il voudrait être avec elle. Lui souhaiter une belle nuit. D'ordinaire, cela ne dure que le temps d'échanger des mots doux qui les ravissent tous les deux. Mais ce soir Antoine est plus prolixe. Il raconte à Florence que l'hôpital est dans tous ses états. Des flics fouillent partout, jusque dans les sous-sols, à la recherche d'un couple. « Le type, a-t-il expliqué sans lui laisser le temps de poser une question, serait un tueur en série, un psychopathe, et la fille qui l'accompagne sa prochaine victime. » Il a ajouté : « Tu ne peux pas imaginer le bordel qu'ils foutent. »

Avant de raccrocher, Florence lui a recommandé de faire bien attention, et ils ont échangé des « je t'aime, mon amour » remplis de leur passion commune.

C'est alors qu'elle s'est souvenue du couple qu'elle a aperçu de sa fenêtre. Elle a songé à rappeler Antoine pour qu'il prévienne la police. C'est ce qu'elle a eu l'intention de faire, avant de renoncer. « Non, s'est-elle maîtrisée aussitôt, ces deux-là s'embrassent avec trop de fougue. » Même si elle n'a pas vu le visage de l'homme, elle les imagine magnifiques, à mille lieues de l'idée qu'elle se fait d'un monstre et de sa victime.

Elle choisit de regagner sa chambre, retire sa robe de chambre. Sur le chambranle de la fenêtre de la cuisine, elle aperçoit un sac en plastique Monoprix plein de déchets. Elle a oublié de le descendre tout à l'heure. Pour tout dire, elle le laisserait bien là et ne s'en débarrasserait que demain matin, tant elle a envie de s'allonger, de s'endormir en pensant à Antoine et à la chance formidable de l'avoir rencontré. Ce bonheur dont elle rêvait tant, elle n'en revient toujours pas. Et cet enfant qu'ils attendent ! Cependant, elle ne veut pas le décevoir. C'est plus fort qu'elle, bien plus fort que le désir de se coucher. Elle attrape le sac et sans enfiler sa robe de chambre, elle décide d'aller le jeter.

Lorsque Charland et son chauffeur parviennent devant le 5 de la rue Poirier, le brigadier-chef demande :

— Vous êtes certain que c'était là ?

— Oui, oui…

La double porte est fermée et un code en interdit l'accès. Charland pose son oreille sur le bois froid.

— Je n'entends rien. Ça a l'air calme, commente-t-il après quelques secondes.

— Je vous ai fait perdre du temps… glisse Favier. Désolé.

— Ne le soyez pas. Il valait mieux vérifier.

Charland a toujours l'oreille collée sur la porte lorsqu'un cri d'épouvante retentit de l'autre côté. Un cri si terrifiant que ni l'un ni l'autre ne l'oublieront jamais.

Le brigadier-chef frappe de toute la force de ses poings sur la porte, tandis qu'à ses côtés Favier, dans des tentatives désespérées, pianote sur le digicode. La porte s'entrouvre enfin. Une femme en pyjama, un sac en plastique à la main, leur fait face. Puis, d'un coup, elle se laisse tomber sur les pavés de l'entrée, en proie à une crise de nerfs incontrôlable. Elle tremble, suffoque. Ce qu'ils aperçoivent ensuite les glace.

C'est le corps d'une jeune femme blonde étendue sur le sol, la gorge tranchée. Charland reconnaît celle dont il a vécu avec délices l'histoire d'amour naissante avec un inconnu entre Châtelet et Bastille.

Vincent a eu tout ce qu'il désirait. D'abord, il s'est laissé entraîner par la main délicate de Stéphanie vers le box ouvert que tous deux avaient repéré. Sa pulsion meurtrière l'a emporté brutalement. Il ne pouvait plus attendre. Alors, comme il sait si bien le faire, il l'a retenue, l'attirant à lui. Elle s'est laissé embrasser dans le cou. Elle a fermé les yeux de plaisir. Répété qu'il lui plaisait. « Toi aussi, a-t-il murmuré. Tu me plais, ce soir plus que jamais. » Puis il a sorti son couteau et, d'un geste sûr, il lui a tranché la gorge. Il l'a libérée de son emprise, l'accompagnant dans sa chute sur les pavés.

Enfin, tandis qu'elle se vidait de son sang il a savouré ses râles d'agonie.

Dans sa fuite, il a eu de la chance. Il a vu l'altercation qui opposait un taxi et le conducteur d'une Clio verte. Parmi les trois hommes, il a reconnu le flic qui l'avait dévisagé à Bastille et avait tenté de faire arrêter son train. Il a seulement accéléré le pas, sans courir, pour ne pas attirer leur attention. Parvenu à Saint-Mandé son pass Navigo a fonctionné sans qu'il soit obligé de sauter par-dessus le tourniquet et à l'instant où il est descendu sur le quai de la station, le train est arrivé.

C'est une rame comme il les aime : sans chauffeur. Il a progressé jusqu'à l'avant afin de profiter de cette vue dont il ne se lasse jamais : le train qui s'enfonce dans l'obscurité des tunnels.

Et si l'histoire ne s'arrêtait pas là…

Jacques Expert au Livre de Poche

Adieu n° 32934

2001, Château-Malabry. Une mère, son fils et sa fille sont retrouvés assassinés à leur domicile. Le père est porté disparu. Les recherches s'organisent, sous la direction du commissaire Langelier. Un mois plus tard, une seconde famille est abattue dans des circonstances identiques. Là aussi le père est introuvable.

Ce soir je vais tuer l'assassin de mon fils n° 32206

Quand son fils est renversé par un chauffard qui a pris la fuite, Antonio Rodriguez jure qu'il le vengera. Tandis que l'enquête piétine, il suspecte un cadre supérieur de sa propre entreprise. Pourtant, un jour, les gendarmes l'informent qu'ils viennent d'arrêter le coupable.

Deux gouttes d'eau n° 33832

Une jeune femme est retrouvée morte dans son appartement de Boulogne-Billancourt, tuée à coups de hache. Elle s'appelle Élodie, et l'enregistrement d'une caméra de surveillance permet d'identifier son ami, Antoine Deloye, sortant de chez elle, l'arme du crime à la main. Immédiatement placé en garde à vue, Antoine s'obstine, malgré les évidences, à nier les faits. Il accuse son frère jumeau, Franck.

La Femme du monstre n° 31522

Quand elle l'a épousé, elle n'avait que 22 ans. Elle admirait sa force, son charme, n'en revenait pas qu'il ait pu la choisir. Quand la police est venue arrêter le monstre, le pays tout entier s'est soudain intéressé à elle.

Hortense n° 34585

1993 : Sophie Delalande est folle d'amour pour sa fille, Hortense, presque trois ans, qu'elle élève seule. Son ex-compagnon est un homme violent, auquel elle refuse le droit de visite. Un jour, il fait irruption chez elle et lui enlève Hortense. 2015 : Sophie mène une vie morne, solitaire. Un dimanche pluvieux, elle se fait bousculer par une jeune femme dans la rue. Persuadée qu'il s'agit d'Hortense, elle la suit.

Qui ? n° 33324

1994, Carpentras. Laetitia, 10 ans, est violée et assassinée. 2013. À la télévision, l'émission « Affaires non résolues » revient sur le drame de Carpentras. Quatre hommes sont devant leur écran. Ce soir-là, ils se souviennent. Leurs épouses également.

La Théorie des six n° 31956

Selon la « théorie des six », énoncée en 1929, tout individu sur terre peut être relié à n'importe quel autre par une chaîne de connaissances ne comptant pas plus de cinq intermédiaires. Son auteur ne s'attendait certainement pas à ce qu'elle devienne un jour le mode opératoire d'un tueur en série.

Du même auteur :

La Femme du monstre, Anne Carrière, 2007.

La Théorie des six, Anne Carrière, 2008.

Ce soir je vais tuer l'assassin de mon fils, Anne Carrière, 2010.

Adieu, Sonatine éditions, 2011.

Qui ?, Sonatine éditions, 2013.

Deux gouttes d'eau, Sonatine éditions, 2015.

Scènes de crime, 60 portraits de meurtriers célèbres, Presses de la Cité, 2015.

Hortense, Sonatine éditions, 2016.

Ne nous quittons pas, Albin Michel, 2017.

PAPIER À BASE DE
FIBRES CERTIFIÉES

Le Livre de Poche s'engage pour
l'environnement en réduisant
l'empreinte carbone de ses livres.
Celle de cet exemplaire est de :
350 g éq. CO_2
Rendez-vous sur
www.livredepoche-durable.fr

Achevé d'imprimer en France par
CPI BUSSIÈRE (18200 Saint-Amand-Montrond)
en décembre 2019
N° d'impression : 2047856
Dépôt légal 1re publication : juin 2015
Édition 08 - novembre 2019
LIBRAIRIE GÉNÉRALE FRANÇAISE
21, rue du Montparnasse – 75298 Paris Cedex 06

55/4457/5